# 李君詩詞 三百首

暢談人生小語錄
隨心自在新思路

李樑堅——著

國家圖書館出版品預行編目（CIP）資料

李君詩詞三百首：暢談人生小語錄，隨心自在新思路 / 李樑堅著. -- 初版. -- 高雄市：麗文文化事業股份有限公司, 2025.08
　面；　公分
ISBN 978-986-490-275-0(平裝)

863.51　114011212

---

# 李君詩詞三百首：暢談人生小語錄，隨心自在新思路

著　　　者　李樑堅
發　行　人　楊宏文
封 面 設 計　黃士豪

出　版　者　麗文文化事業股份有限公司
　　　　　　802019 高雄市苓雅區五福一路 57 號 2 樓之 2
　　　　　　電話：07-2265267
　　　　　　傳真：07-2233073
　　　　　　購書專線：07-2265267 轉 236
　　　　　　E-mail：order@liwen.com.tw
　　　　　　LINE ID：@sxs1780d
　　　　　　線上購書：https://www.chuliu.com.tw/
臺北分公司　100003 臺北市中正區重慶南路一段 57 號 10 樓之 12
　　　　　　電話：02-29222396
　　　　　　傳真：02-29220464
法 律 顧 問　林廷隆律師
　　　　　　電話：02-29658212

刷　　　次　初版一刷・2025 年 8 月
定　　　價　300 元
Ｉ Ｓ Ｂ Ｎ　978-986-490-275-0（平裝）

版權所有，翻印必究
本書如有破損、缺頁或倒裝，請寄回更換

# 李樑堅教授學經歷相關資料

**＊學歷**
成功大學管理學博士

**＊專長**
企業問題診斷
財務分析
產業經濟分析
運輸管理

**＊現職**
1. 義守大學財金系教授
2. 高雄市科技管理學會榮譽理事長
3. 行政院公共工程委員會採購評選委員
4. 高雄市國立成功大學校友會榮譽會長
5. 心路社會福利基金會監察人
6. 高雄市產業創新發展協會常務理事
7. 高雄市雲林縣同鄉會理事長
8. 雲林同鄉總會常務理事
9. 高雄市產業發展協會榮譽理事長
10. 救國團高雄市團委會主委
11. 高雄都會發展文教基金會監事
12. 高雄市孔孟學會顧問
13. 華宏新技公司獨董
14. 國聖文教基金會董事
15. 台灣休閒與遊憩協會理事
16. 雲林縣政府顧問

17. 王科文化基金會董事長
18. 中華民國雲林同鄉文教基金會董事
19. 財金立法促進院董事
20. 高雄市成大文教基金會顧問
21. 管科會高雄市分會榮譽理事長
22. 公路局遊覽車客運審議委員會委員
23. 勵學教育基金會董事

＊經歷
1. 高雄市政府財政局局長（2019～2020年）
2. 義守大學行政副校長（2015～2019年）（2022~2024年）
3. 義守大學管理學院碩專班（EMBA/PMBA/MBA）執行長（2011～2015年）
4. 義守大學主任秘書兼校長辦公室主任（2008～2010年）
5. 義守大學推廣教育中心主任（2000～2008年）
6. 義守大學財金系主任（1994～1997年）
7. 旅館商業同業公會全國聯合會顧問（2019～2020年）
8. 高雄市科技管理學會理事長（2017～2019年）（2021~2023年）
9. 消費者文教基金會董事（2012～2019年）
10. 高雄市紅十字會育幼中心董事（2013～2019年）
11. 高雄市成大校友文教基金會董事（2017~2020年）、副董事長（2020~2022年）
12. 高雄市國立成功大學校友會會長（2017～2019年）
13. 管科會高雄市分會總幹事（1999～2002年）
14. 中華經貿暨學術交流學會理事長（2009～2013年）
15. 高雄市雲林同鄉會常務理事（2016～2020年）
16. 救國團高雄市團委會指導委員（2002～2020年）、副主委（2021～2022年）

17. 勞委會勞工退休基金監理委員會委員（2009～2013年；2016～2020年）
18. 中華社會教育事業協會理事長（2003～2009年）
19. 高雄縣都市計劃委員（1998～2002年）
20. 高雄縣公共事務管理學會理事長（1998～2005年）
21. 朝陽扶輪社社長（2009～2010年）、職業服務主委（2006年）、國際服務主委（2005年）
22. 高雄市孔孟學會理事長（2012~2014年）
23. 友荃科技公司獨立董事、薪酬委員會主席（2004～2014年）
24. KY馬光公司獨立董事、薪酬委員會主席（2010～2019年）
25. 科妍生物科技股份有限公司獨立董事、薪酬委員會主席（2011～2019年）
26. 智崴資訊科技股份有限公司薪酬委員會委員（2011～2019年）
27. 光頡科技股份有限公司薪酬委員會委員（2011～2012年）
28. 公共政策學會常務理事
29. 高雄市卓越政策學會常務理事
30. 成大校友總會副總會長
31. 高雄市成大文教基金會董事長

# 詩詞自序

記得開始寫起詩詞，應該是在國小啟蒙階段，當時有人拿了一本唐詩三百首，就開始背起來了，因此在國中唸書時，就會寫一些床頭詩。國中畢業考上南一中，從北港到台南就讀，在高二迷上看武俠小說，許多小說人物的情節、角色，也會偶爾興起，就寫了一些想法感受，接著考上成大，又是人生的黃金歲月，寫寫詩詞舞文弄墨就成了家常便飯，可惜當初寫的都已經丟到九霄雲外，想起來也是有點可惜。

博士畢業後到高雄工學院教書，在第三年受邀到中國大陸拜訪，因此看了許多大陸山川秀麗景色，也真正見識到之前在課本上所聞及所知，都已真實的呈現在面前，因此也寫了不少「文情並茂、胸懷千里」的大塊詩詞。然而當初沒有出書計畫，就又魂飛魄散了，把許多自覺很好的詩詞都拋棄掉了。

到了人生已一甲子的歲月，突然又想起一圓人生夢，因此又開始增加塗墨一些人生的新思維，所見、所思、季節感念、出國旅遊、出外踏青、或是朋友社團聚會，相關重要節慶的感受，都開始一篇一篇記錄下來，因此才有了這本詩集的誕生。人生就是這麼巧妙，原先寫好的文章及詩句一轉眼都不見了，等到開始想留存，反而文思不湧、塞住出不了，所以只好在每日靜思之際、自己自帶一些紙張，一旦有些生活感觸，就把它落實了，因此一篇一篇的詩詞就完成了，粗估兩年間共完成 300 首，有五言、七言絕句、七言律詩，也有詞散落期間或是一些現代詩參雜其中。

# 詩詞自序

　　詩詞就是人生活記憶的偶感抒發，有時神來一筆，自覺都是奇妙，為何有如此的文字可以浮現，也許就是「精誠所至、金石為開」吧！自己也慶幸真的寫完300首，這是一種暢快，也許不盡然都是完美的詩句，但都是一些心情的展現，希望各位同好筆友有機會可以翻閱一下，讓自己也能回顧品味自我覺察一下，猶如「驚天一筆文章下、文思湧現萬古霞」的氣魄，也希望各位在閱讀之後，也能成為一位引路人，讓各位同好可以一起「同文共賞」許多美景、美學、美食及神遊景致都能入詩，也圓一下自己的詩詞夢。

李樑堅于高雄2025年4月23號

vi／李君詩詞三百首 暢談人生小語錄，隨心自在新思路

# 目次

李樑堅教授學經歷相關資料／i
詩詞自序／iv

## 一、四季節氣詠誦

01. 清明佳節／002
02. 家人過年共宴／002
03. 端午荔枝／003
04. 缺水乞雨／003
05. 端午粽子／004
06. 酷暑熱浪／004
07. 六月六日大暑之日／005
08. 中秋月餅／005
09. 海葵颱風／006
10. 中秋夜月／006
11. 中秋烤肉／007
12. 聖誕佳節／007
13. 寒流來襲／008
14. 春節過年／008
15. 冬天溫差／009
16. 夏日驟至／009
17. 炎熱夏日／010
18. 清明掃墓／010
19. 端午節慶／011
20. 吃肉粽／011
21. 中午立蛋／012
22. 小雪入冬／012
23. 冬季來臨／013
24. 冬夜有感／013
25. 過年暴冷／014
26. 端午佳節／014
27. 月下漫步／015
28. 寒流再起／015

## 二、生活點滴小語

01. 放假發呆／018
02. 坐船遇雨／018
03. 喝茶心感／019
04. 笑談人生／019
05. 打牌終結／020
06. 暗夜漫步／020
07. 世間萬變／021
08. 深山遠居／021
09. 高雄下雨／022
10. 莫得攀比／022
11. 雨中入眠／023
12. 暗夜苦讀／023
13. 乾隆和珅／024
14. 控制憤怒／024

15. 雨後晴空／025
17. 起心動念／026
19. 車子被撞／027
21. 夢時代購物／028
23. 韓劇入迷／029
25. 午夜夢迴／030
27. 高鐵人生／031
29. 忙碌人生／032
31. 老友相見／033
33. 兄弟情誼／034
35. 人心難測／035
37. 孫文讀書會／036
39. 中年心情／037
41. 抗癌心情／038
43. 論人生／039
45. 杉林溪茶／040
47. 小孩回高雄／041
49. 女婿回娘家／042
51. 過年賀語／043
53. 蛇年賀喜／044
55. 東和油廠／045

57. 幸福的味道／046

16. 人生修持／025
18. 驟雨注水／026
20. 股票投資／027
22. 颱風過境／028
24. 在家休息／029
26. 手機使用／030
28. 品酒文化／031
30. 好友相聚／032
32. 卸下主管／033
34. 春節送禮／034
36. 一日賦閒／035
38. 人間挑戰及挫折／036
40. 賦閒在家／037
42. 小孩教育／038
44. 寵物／039
46. 兒子回家／040
48. 過年回家／041
50. 中正體育場走路／042
52. 除夕圍爐／043
54. 感冒／044
56. 去內門南海紫竹寺參拜及幫湯洧甯證婚致詞有感／045
58. 過年慶團圓／046

## 三、宗教感悟體驗

01. 拜拜解愁／048
03. 生命輪迴／049
05. 拜廟祈福／050
07. 捐助法會／051
09. 八仙過海／052
11. 玉皇出巡／053

02. 讀唯識之感想／048
04. 金剛乍想／049
06. 佛光隨筆／050
08. 關聖帝君／051
10. 高山嚴福德宮／052
12. 佛母參拜／053

13. 五路財神參拜／054　14. 聖母參拜／054
15. 地母參拜／055　16. 城隍參拜／055
17. 人間佛教／056　18. 佛語廣傳／056
19. 月慧菩薩／057　20. 拜拜求神／057
21. 慈濟佳語／058　22. 東照山關帝廟／058
23. 張天師崇聖殿／059　24. 白沙屯繞境／059
25. 麒麟聖獸／060　26. 聖旨開天宮／060
27. 碧霞元君龍鳳宮／061　28. 濟南府學文廟／061
29. 祖父李水煙撿骨／062　30. 媽祖開天／062
31. 慈濟靜思語／063　32. 拜訪張良廟／063
33. 城隍爺拜拜化解恩怨／064　34. 媽祖開天法會／064
35. 心潮緻麗活動／065　36. 迎財神／065

## 四、旅遊休閒記憶

01. 雲林記趣／068　02. 福州茉莉／068
03. 滿城金甲／069　04. 北京新區／069
05. 朝陽亮馬／070　06. 九曲洞遊／070
07. 北京作客／071　08. 工商聯訪／071
09. 北京地產／072　10. 泉州古城／072
11. 文旅報告／073　12. 星宇航空／073
13. 淄博天街／074　14. 山花映水紅民宿／074
15. 花蓮遊記／075　16. 關山龍鑾／075
17. 松園別館／076　18. 深圳速度／076
19. 西螺一日遊／077　20. 黑豆醬油／077
21. 西螺米廠／078　22. 中山市遊／078
23. 南沙開發／079　24. 西螺大橋／079
25. 埤頭張厝／080　26. 雲林一日遊／080
27. 台東之旅／081　28. 日月潭島／081
29. 東華大學／082　30. 林獻堂故居／082
31. 旗山老街／083　32. 澄清湖走春／083
33. 逸安居遊／084　34. 雲林故鄉／084

35. 花蓮有感／085
37. 花蓮將軍府一遊／086
39. 花蓮松園外景／087
41. 青州古城／088
43. 濟南曲水亭街／089
45. 坐郵輪遊高雄港／090
47. 五元二角／091
49. 衛武營遊賞／092
51. 越南胡志明第一郡／093
53. 屏東印象／094
55. 鹿鳴茶趣／095
57. 海岱樓記／096

36. 花蓮松園小憩／085
38. 花蓮松園別館／086
40. 花蓮鯉魚潭遊／087
42. 黃河在濟南／088
44. 泰山拜廟／089
46. 草嶺一遊／090
48. 天津開會／01
50. 越南胡志明 Reverie 飯店／092
52. 高雄有感／093
54. 台南古都巡禮／094
56. 澎湖遊記／095

## 五、音樂表演賞析

01. 古典雙舞／098
03. 藝術展覽／099
05. 衛武營音樂會／100
07. 罕見疾病演唱會／101
09. 古典藝術教育／102

02. 提琴演奏／098
04. 犟俐演出／099
06. 巴洛克演奏／100
08. 武聖關公傳／101

## 六、社團互動介紹

01. 成大基金／104
03. 賴平順書法展／105
05. 雲林同鄉理事長交接／106
07. 被害人保護協會／107
09. 魏韜畫展／108
11. 王科文化基金會／109

13. 義大薩克斯風社長交接／110
15. 雲林文教基金會／111

02. 國聖文教／104
04. 產學論壇／105
06. 傑出市民傳馨獎／106
08. 牽手不放手──憂鬱症／107
10. 嘉義吳姓宗親春酒宴／108
12. 參加台南市雲林同鄉會
　　大會／109
14. 朱溥霖接高科大校友總
　　會長／110
16. 國聖文教基金會／111

17. 雲林同鄉總會在劍湖山舉辦／112
18. 雲聚幸福／113
19. 義大 EMBA 校友會交接／113
20. 義大校友總會會長交接／113
21. 張老師南部大會／114
22. 藥用植物大會／114
23. 劉秀鳳尾牙宴請／115
24. 參加台東雲林同鄉會長交接／115
25. 永康部落原民遊／116
26. 拜訪佐登妮斯觀光工廠／116

## 七、朋友交流往來

01. 皓雲睿哲婚宴祝福／118
02. 豪宅宴客／118
03. 蟳之屋宴／119
04. 邱奕勝君／119
05. 水月囍樓／120
06. 年終尾牙／120
07. 好友飲宴／121
08. 食懷鐵板燒／121
09. 王院長家吃早餐／122
10. 古源光校長嫁女萬豪飯店婚宴／122
11. 錦霞飯店／123
12. 海慶聚餐／123
13. 及時樂漢堡／124
14. 寵物餐廳／124
15. 慈陽科技／125
16. 吳家文化院／125
17. 生日宴會／126
18. 伊勢丹家具參訪／126
19. 太守宴／127
20. 新益公司 60 週年慶／127
21. 滿慶地產晚宴／128
22. 傑經會年終聖誕晚會／128
23. 拜訪吳明坤董事長／129
24. 澄清湖健行／129
25. 好友爬山有感／130

## 八、社會事件解析

01. 計程車長／132
02. 體操奪標／132
03. 雙十國慶／133
04. 中藥炮製／133
05. 總統大選有感／134
06. 跨年煙火／134
07. 立委選戰／135
08. 總統選舉／135
09. 立委選舉／136
10. 台灣命運／136
11. 高鐵旅客／137
12. 食安風暴／137

13. 花蓮地震／138　　　14. 談國家大事／138
15. 世界 12 強棒大賽／139　16. 打敗日本隊／139
17. 滿慶地產銷售／140　　18. 划龍舟比賽／140
19. 拜訪吳家紅茶冰總公司／141　20. 2025 到來／141
21. 立委質詢及四年選舉／142

## 九、餐飲美食留白

01. 甲子園館／144　　　02. 虱目魚飯／144
03. 吉利海產／145　　　04. 討海人家／145
05. 精釀啤酒／146　　　06. 普洱茶／146
07. 茉莉花茶／147　　　08. 薑母糖／147
09. 義大 Cooking Studio 餐廳／148　10. 漢神巨蛋／148
11. 寒軒餐廳／149　　　12. 大樹玉荷包／149
13. 陳董家宴／150　　　14. 府城小吃／150
15. 北京北平樓菜／151　16. 苦茶油雞／151
17. 夏天吃冰／152　　　18. 南北樓餐飲／152
19. 祥鈺樓江浙菜／153　20. 濟南成豐牛肉麵／153
21. 角落有貓餐廳／154　22. 好事餐廳食譜有感／154
23. 談天樓記／155　　　24. 苗家屏東宴／155
25. 天野餐廳吃飯／156　26. 鏵榮海鮮／156

## 十、學術專業論述

01. 上課演說／158　　　02. 王政彥君／158
03. 大學校長／159　　　04. 高雄中學／159
05. 博士口試／160　　　06. 卸任主管心情／160
07. 論文指導／161　　　08. 空大上課／161
09. 給大學生上課／162　10. 年青人想法／162
11. 越南學生來高雄唸書畢業口試／163　　12. 卡管中閔之怒／163
13. 企經會長交接／164　14. 東華評鑑有感／165

一、

四季節氣詠誦

## 清明佳節

清明祭祖好時節
家族團聚共伴夜
遙想父母照養時
不覺辛勤淚滿階

　　清明節4月5日是祭拜祖先的好日子,也是全家團圓回到老家的日子,大家兄弟及小孩共同在家裡吃著火鍋及潤餅,度過長夜一起歡樂。這時候回想到父母親在照養自己及小孫子時那一份的辛勞,突然心情湧起一份悸動,因為父母親都已經不在了,心裡總是有一份的惆悵,一份的落寞,不知不覺之間淚水就流了出來,沾滿地上。

## 家人過年共宴

家人共聚親食堂
魚菜肉品話日常
美肴出餐飄香味
徒留追食聲俱揚

　　回到老家,一家人在餐桌上一起吃個飯,而滿桌的菜餚、豬肉、鴨肉,魚肉吃著,也笑談著日常的生活。每一道的美食佳餚飄著不凡的香味,桌旁傳來弟弟及自己小孩子在弟媳的催促下,要來夾菜肉的聲音,也感謝這一餐帶來的豐盛佳餚。

## 端午荔枝

端午時節送荔交
貴妃含笑迎枝搖
紅皮白肉汁多甜
微子香氣樂逍遙

　　端午節到了是送荔枝的最好時節,其中一個品牌叫「貴妃笑」,在生長的季節可以迎風飄搖,具有紅色的外皮、白色的肉質、咬下一口清甜的感受,不僅含有微微的香氣,吃完以後真的好像樂天逍遙般地快活。

## 缺水乞雨

大地臨旱不知天
雨水難下愁滿顏
生民處在急變候
乞求世間降霖源

　　大地面臨旱災已經不知道老天爺如何跟地球做互動?沒有下雨的日子,會讓百姓生活變得更加辛苦而愁容滿面。一般老百姓面對這種緊急極端氣候的衝擊,也希望能夠祈求天神,可以讓世間的風調雨順普降甘霖解決生民的困苦。

## 端午粽子

屈原投江銘心志  
眾民入粽怕魚吃  
端午時節近黃昏  
划龍千尺爭支持  

　　農曆五月五日是吃粽子的日子,也是忠臣屈原投入汨羅江的紀念日,屈原展現個人忠心愛國的心向,當時的民眾把魚肉米用荷葉包起來形成一個粽子,接著丟入江中讓江魚來吃而不要去吃屈原的身體。從電視看到端午的時節已經進了黃昏,結果大家都在愛河邊上看划龍舟競賽,選手則希望爭取大眾的加油跟支持聲獲得勝利。

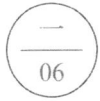

## 酷暑熱浪

烈陽直射高溫起  
汗流奔出熱浪意  
時轉冷機吹涼風  
不如降下夏雨滴  

　　112年的夏天相當炎熱,酷熱的太陽直接投射出高溫,讓身體也大量發燙,大量的汗水奔流而出,帶來一陣陣的熱浪,所以經常要開起冷氣機,希望能夠吹起涼涼的舒風,但是自己覺得還不如在夏天可以降下雨水來降溫。

## 六月六日大暑之日

盛夏熱浪貫全球
酷暑躍起撼五洲
惟有內蘊常修持
方能涼意在心頭

六月六日是大暑日,酷熱的夏天帶來一股熱浪在全球各地展開,而這個酷暑不僅在全世界五大洲不斷掀起一股令人難以想像的熱潮,有時候想來只有內心能夠保持自我修持,才能夠心靜自然涼般不會受到外在熱浪的影響。

## 中秋月餅

澄黃蛋酥入中秋
棗泥豆沙圓餅球
團聚時節旅人回
共享佳餚慶無憂

八月十五日是中秋節,鮮澄黃色的蛋黃酥包覆在中秋月餅之中,包括棗泥豆沙的味道形成一顆圓滾的月餅球,就在中秋團圓時節在外的旅人,紛紛回到家一起共聚團圓之夜,晚上在一起共享美好的佳餚,慶祝無憂快樂的歲月。

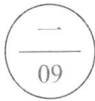

## 海葵颱風

海葵直撲台灣境
神山降級輕颱行
風吹雨驟街樹倒
四年不入寶島興

　　112年海葵颱風直接撲到台灣的境內，因為護國神山玉山的庇佑阻擋緣故，整個颱風就開始降級了，在轉為輕颱後，就輕輕地走過台灣，但是在高雄仍然有在下大雨，因為西南旺盛氣流的吹驟之下，仍然有許多街上的路樹倒塌，有時候也感嘆颱風已經四年多沒有進入到寶島台灣，所以讓整個國內產業跟老百姓的生命財產獲得很大的保障。

## 中秋夜月

中秋月明掛天空
樹影葉搖凌高聳
團圓家聚秉夜談
共築笑語人聲中

　　在中秋節看到一輪明月高掛在天空上，看著前方樹上的影子及樹葉隨風在搖晃當中，並在高聳的樹上凌躍而起。中秋節家人一起團圓相聚回到家裡面，而大家秉燭夜談中，也不斷在人群中傳出笑聲。

## 中秋烤肉

慢火輕烤肉味香
人聲鼎沸話語響
揚酒共飲觀明月
回想故往不夜鄉

　　中秋節烤肉是台灣人共同的習慣,看著慢慢的火炭輕輕地烤起肉來的香味,而人聲鼎沸的好友相聚,也聊起許多的話題。大家提起酒杯一起共飲來觀看一輪明月,突然想起過往的故鄉,也是一樣在伴著中秋節的夜晚。

## 聖誕佳節

冬冷空氣直撲鼻
白煙吐霧如雙翼
歡慶佳節度團圓
聖靈廣植照無依

　　聖誕節在 12 月 25 日,剛好是冬天寒冷的氣候。冷冷的空氣直接撲上鼻息,吐出的氣像白色煙霧般,如同一雙翅膀在飛動者。在聖誕佳節歡慶的過程中大家一起共度團圓的好日子,而聖靈般的心境也廣植在心中,希望可以照耀著無依無靠的人給他們溫暖的心。

## 寒流來襲

寒意籠罩入世間
流風飄然穿耳邊
來人多愁冷滋味
襲捲刺骨楓紅變

　　113年2月來了一陣寒流,而寒冷的天氣籠罩在人世間,沁涼的風穿越在耳邊令人發抖。走在路上的人們,在寒冬中走著,卻有感覺一股的憂愁及冷冷的心酸湧上在心頭,而這一股寒意刺骨的衝擊,則不僅是骨頭都冷了起來,而楓葉也都變得不一樣了。

## 春節過年

歡慶年節春來到
喜迎新曆立豐宵
展翅騰飛升高處
引領今朝四海潮

　　春節是國人最重視的節日。大家都歡喜過年時節的到來,也是代表春天的來臨,我們很快樂地迎接農曆年過後新年的真正到來,所以在年夜飯裡面都會吃的特別地豐盛,希望明年能夠展翅高飛,有更好的躍升發展,並且能夠成為引領未來四海全球發展的一個新境界。

## 冬天溫差

晨醒涼意吹入帳
被中暖溫難起床
終須梳洗赴班車
只願追夢築思長

冬天來臨的時候,溫度落差很大,有時早上醒來一陣的涼意吹入帳內,而躲在溫暖的被子中,往往就會賴床,因此就很難起床,因為不想離開很舒適的溫暖環境,但是終究還是要早起趕赴班車,所以有時候想要追逐自己的夢想,建構自己的實力,真的不是很容易。

## 夏日驟至

四月炎夏熱浪襲
心浮躁進元氣希
需得清風吹入靜
自有人間長生息

四月炎熱的夏天帶來襲人的熱浪,讓我們變得心浮氣躁而且元氣都一直在削弱中,這時候需要清風輕拂吹入到我們的身上,帶來一絲的寧靜,想想人間也因為這樣才能夠生生不息地發展著。

## 炎熱夏日

夏炎熱暑氣滿流
揮汗滴落身心留
不知雨神何時來
吹開無情去煩憂

　　夏天酷熱的天氣帶來一股炎炎的暑氣，身上流滿一堆的汗水滴落在身旁，期望著雨神可以早日到來，降下充滿清涼的雨滴，才可以吹開無情的煩惱與憂愁。

## 清明掃墓

晨醒整備清明俗　　水田橫臥祖父墓
曲徑跌落衣鞋翻　　慎終敬拜香果足
隴西祠堂矗獅柱　　李氏子孫立花束
遙想先人創利基　　庇佑後代萬世祿

　　早上醒來整理好一些東西，按照清明節的禮俗就開始到水林鄉祖父的墓上去掃墓，而墳墓剛好在我的水田上，但是走在狹小路徑上不幸就跌落下去，整個衣服跟鞋子都沾滿泥土，雖然這樣，我們仍然抱著慎終追遠的心情，準備的水果及香料充足之下開始去做祭拜，看到墓碑上寫的隴西堂號，而祠堂旁邊也列了兩隻獅子，身為後代子孫開始擺上花束，遙想以前先人努力建立的利基，都在庇佑後代的子孫，可以得到萬世的一個福澤及厚祿，真的是非常感謝祖先的付出。

## 端午節慶

天行至陽端午慶
日經午時立蛋應
正是人間好佳節
粽香飄逸相伴行

　　今年五月五日是農曆端午節，當一天剛好走到最中午的時候，那就是慶祝端午的時間，而且在白天 11 至 13 時陽氣最強，剛好可以立起蛋來，這真是人間最好的時節，包括粽子的香味也飄逸在我們周遭中一起相互伴行。

## 吃肉粽

糯米香甜成方圓
蝦肉菇黃聚中邊
清香月葉環兩旁
熱液滾出粽身鮮

　　肉粽是用糯米做成，具有非常香的味道，有些還可以加上甜品，而肉粽的外觀剛好像四方圓般，在肉粽裡面有蝦，有肉、有蛋黃，有香菇，剛好包覆在糯米的中間，清新香味的月桃葉剛好綁在兩旁，而在熱水滾燙之後，就可以煮出肉粽的鮮美味道。

## 中午立蛋

端午陽氣極
蛋立正中地
每年此一刻
共伴好運基

　　五月五是陽氣最強的時候,所以在端午節,陽氣達到最強的時候,立蛋是最方便的,而且剛好可以立在中間的地方,在每年這一個時刻,也是可以共伴好運的一個基礎。

## 小雪入冬

秋去冬藏小雪季
冷風調節換新衣
不知時空多轉折
熱陽猶照青苔地

　　秋天即將過去、冬天即將到來,而且已進入到小雪這個節氣,溫度有時會調降,帶來冷冷的寒風,這時候記得開始要換新的衣服裡,但是有時候氣候的轉折很大,我們仍然會有看到炎熱的太陽仍然照在青苔的地上,天氣仍然相當地好,溫度仍然很高。

一、四季節氣詠誦／013

## 冬季來臨

寒氣墜降入港都
溫差加大如晨露
雖有四季皆明顯
但求旅人渡夜路

　　冬天來臨寒冷的氣候已經進入港都，夜晚的溫差很大，好像晨間的露水那般的滲涼。雖然一年四季非常地明顯，但是很希望在外的旅人能夠度過漫漫長夜之路，不要受寒。

## 冬夜有感

天涼冬衣早暖上
夜露冷風晚和裳
懷抱爐火度寒氣
漂泊在外心淌佯

　　天氣已經變冷了，冬天的衣服早已溫暖地穿上，夜裡的露水冷冷的風，到了晚上就更要穿上濃厚的衣裳一起入睡。在爐火邊懷抱著燃起溫暖的感覺度過寒冷的氣候，不覺想起旅外的人生，心裡面產生很多的蕩漾。

## 過年暴冷

寒風刺骨吹氣高
被褥加重驅涼保
幸得溫爐送暖意
才有一夜夢長抱

　　今年過年天氣很冷，寒風刺骨冷空氣不斷地升高，晚上睡覺棉被加了好多層，希望能夠驅走涼意，還好有裝一個溫暖的熱氣爐送來一絲的暖意，才有一夜好夢。

## 端午佳節

端午棕香慶團圓
佳節共享平安緣
龍舟競技爭奪冠
立蛋艾草順心願

　　在端午節，民眾在家吃粽子的香味飄溢，大家在一起慶祝團圓的好日子，因此這樣一個很好的節日，大家共享平安順心的一個好緣分，在端午節會舉辦龍舟競賽，大家拚了命地爭取好成績，希望能夠爭奪冠軍，當天也有很多立蛋及插艾草的好習俗，希望能夠有個順心圓滿的心願可以完成。

## 月下漫步

漫步月空下　行走健如飛　一覽眾地景　只見草上堆
樹紋葉風動　幾多人徘徊　心照映光影　時轉不復催

　　我經常到中正高工操場去走路,而走在操場上看著星空,我的走路速度很快,因為經常都有在運動,這時看著地上的一個景致,只見到平整的草地相互堆疊在一起,樹上的紋路隨著風動,葉子也在動,許多人在這邊來回移動著,而我的心映照著月光,形成一個影子,感嘆時間在輪轉,沒辦法再恢復到以前的狀態。

## 寒流再起

陣陣滲涼的寒意湧入心頭　暖暖陽光的熱度趁機逃脫
我在想像　我在自我思索
冬天寒流冷得像把銳利的鋒刀　不斷向前直刺我的胸口
捲起衣袖不停抖索　希望不要閃躲直奔前頭
也許我傻　也是我無法掙脫的種種枷鎖
未來在清爽的空氣中　揮灑自如　創造人生的自由
寒流終將遠離　黃河仍須入海　奔流入口
我不再逃避　因為我已解脫最無知的漩渦
希望在未來珍貴的日子裡　有著馬不停蹄的燦爛自我

## 二、
## 生活點滴小語

## 放假發呆

遙遙假期漫渡日
拂拂清風輕吹撫
白晝夢醒原已逝
暗夜不眠卻歸蕪

　　開始放假了，本來是快樂逍遙日子，因為假期有兩個半月，突然身邊的工作少了許多，如何度過這麼多日子，卻突然想起來會有一點點不知所措的樣子。剛好臉旁一股清風吹過來，原來在白天已經睡著下，突然被驚醒了，反而在晚上卻無法成眠，在想著日子如何繼續再過下去，還是要回到忙碌的生活，一切又要重來。

## 坐船遇雨

風逝聲歇一路行
雨乍狂點滿窗楹
不知千水何時盡
卻笑西舟自飄凌

　　坐在船上，徐徐的清風突然中止了，外部聲音也不見了，一路船上走著走著突然震耳的雨聲瘋狂地撒在船邊的窗戶上，看著下了滿地的雨水，不知道什麼時候才會結束？自己卻自我笑著，看了這一艘船飄蕩在湖中的雨中。

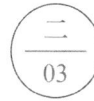

## 喝茶心感

一縷熱煙澆上頭
茶香氣開幾分周
味如清液潤舌尖
氣張喉韻樂無憂

　　看著在茶壺上飄著清煙,聞著茶香的氣味在周遭散布出來,喝下去以後像清涼的甘液,而舌尖香氣張開深度的喉韻,讓自己感覺非常快樂,好像沒有憂愁一般。

## 笑談人生

人生何處不歡笑
唯有痛楚苦自我
看開世間千百態
幾度春秋萬古朝

　　人生在世到處可以充滿了歡笑,也會產生痛苦,其實很多是自我找尋的,如果能夠看透看開人間的千樣百態,就可以很好度過人生春秋,如同五千年來的朝代更替還不是如此,總是要經歷的,不用想太多。

## 二 05 打牌終結

牌中乾坤何其大
結果卻在驚叫中
好壞繫乎意念間
輸贏要到全盤終

　　玩牌的學問真的很大,也充滿著各式各樣的巧思變化,有時候輸贏的結果都在驚奇叫喊中,乾坤經常會大挪移,當然最後結果好壞,有時候看自己的心情跟意念,運氣一來,自己不會心旌動搖,保持冷靜,往往輸贏的結果都要等到結束,才知道誰是最後的贏家。

## 二 06 暗夜漫步

星夜映照青草中
邁步前行現影蹤
舉頭仰思人生路
逐夢皆須留淚終

　　走在星空籠罩的夜晚,輝映在青青的草原上。我走在上面,看到前面展現自我的影蹤。抬起頭突然思考人生路,要達到人生的夢想,其實真的不容易,有時候會淚流滿面,想到真的不太容易達成,也許就是夢幻一場。

## 二
### 07

### 世間萬變

萬事皆有定
半點不由人
莫想意念轉
仍回舊思沉

　　世間萬物皆有一定的定數,也不是人能夠加以去完全做主的,有時候想要改變,意念上想要有所轉換,但是不久之後又會回到以前的思維而無法更換,真是很奧妙。

## 二
### 08

### 深山遠居

花間蟲鳥飛
奇景共映隨
雖居深遠處
幽谷相伴陪

　　住在深山裡,許多奇花異草之間,看見蟲子跟鳥兒在飛翔,宛如一片的奇景一起相隨,雖然居住在山的深處,但是周遭裡面卻有清翠的山谷具有濃濃的情誼,可以一路相陪不會覺得無聊,並有一絲絲的暖意湧上心頭。

## 二/09 高雄下雨

窗外雨聲滴落響
苦旱熱氣終飄揚
迎接一番清新氣
靜開梅季洗春秧

　　窗外下起的雨滴滴落在窗邊，讓乾旱的大地及散發的熱氣終於可以飄散，也迎接一番清新的氣氛，在安靜的氛圍中可以讓梅雨的季節洗淨春天的花朵，開啟播種的聲響。

## 二/10 莫得攀比

自許世間一等強
縱橫天下名人揚
修得口語莫道比
方知萬物慎思量

　　原來覺得自己是世間一等的強人，可以縱橫天下在世人之間聲名遠播飛揚，但是人其實要真正能夠自我覺修，不要再跟別人有所攀比，才知道過去的種種，除了體察萬物的特性外，更要謹慎思量人生的看法。

## 二 / 11

### 雨中入眠

夜來輕雨聲
簷邊落滴響
不知過幾時
沉睡入夢鄉

　　夜晚已經到床上睡覺,可是卻聽到輕輕的雨聲就在窗簷邊滴滴落下。曾經不知經過何時,其實都已經沉睡進入夢鄉。

## 二 / 12

### 暗夜苦讀

靜寂夜空星散落
孤燈伴讀心飄留
不知思緒何時盡
唯見眼眸斜滿憂

　　在安靜的夜晚,星空中突然掉落一顆流星,伴著孤獨的燈光下,讓我在閱讀中,卻讓心靈上突然已經飄出到窗外,一霎時,我的情緒感受不知什麼時候才能結束,卻突然看見眼神已留下滿懷的憂愁。

## 乾隆和珅

〔二 13〕

乾隆寵臣堆心腹
權貴傾國聚首富
江南鹽商盡到誼
六下揚州陪奢浮

　　乾隆皇帝的大寵臣也是他的心腹叫和珅，不僅在當下擁有至高無上的權利及貴氣，而且影響到整個國家的命運，因為貪汙竟然成為當時的首富。江南的鹽商都要時刻展現互動的進貢友誼及積極照顧，讓乾隆皇帝六下揚州都有和珅陪著，一起度過奢華浮誇巡視江南的美好日子。

## 控制憤怒

〔二 14〕

心情翻轉怒氣燒
口出惡言眾人逃
調氣降溫興和意
自在人生重啟造

　　人在心情不好很容易怒氣沖天，而且講出來話都很難聽，眾人在旁邊都會感受他那個怒氣，希望盡速逃離現場，因此人必須要學會調整氣場，減少衝突的文化，建立起和善的氛圍，才能夠擁有自在圓滿的人生，重啟不一樣的新未來。

## 雨後晴空

　　群山翻嶺入雲霄
　　綠衣覆頂仙峰耀
　　雨後晴空亮如眼
　　心花頓開樂逍遙

　　一群山巒翻山越嶺彷彿進入雲霄九外，綠色的樹覆蓋在山上，好像有仙氣的山頂非常地耀眼，在下雨過的晴空非常地亮麗，好像眼睛般地精亮，頓時之間心花朵朵開，宛如快樂的逍遙日子。

## 人生修持

　　紅塵別匆握
　　是非不到我
　　萬般順由命
　　圓滿在心窩

　　在人生的紅塵裡，不要匆匆地走過，人的一生是非對錯已是過去，自己能不要受到影響，萬般聽由天命的安排，相信就會有圓滿的生活，溫暖在心窩。

## 二/17 起心動念

為民伸張正義起
立法利益眾生基
不動貪念真心服
謀啟萬世開天機

　　希望立委為民可以伸張正義，而立法院應該要為眾生的利益來建立起好的法案，這些立委可以不動貪念，才能夠讓人可以真心信服，這樣才可以謀劃啟動留芳萬世的天機。

## 二/18 驟雨注水

南方乾旱庫成空
靜待雨神水注流
六月梅季驟下湧
諸多空城不復留

　　112年南部面臨嚴重的乾旱，水庫都快要沒有水了，所以很需要雨神降下水注滿水庫，當時很期望6月的梅雨季節到來可以突然降下大量的雨量，讓許多的乾旱的水庫不要留白，注滿水量。

## 車子被撞

　　車行時空幾萬里
　　路跑慎走保安基
　　誰知暗黑撞擊者
　　逃逸避責查無跡

　　我的車子在路上已經開了幾十萬公里，而在路上行駛的過程中也非常地謹慎，希望能夠確保安全回家，誰知停在路旁，卻被不明的撞擊者撞到，要去找肇事者都找不到，也查不到一點蹤跡，因為在當地沒有設置監視器，非常可惜。

## 股票投資

　　投資起伏變化多
　　心情沉穩才得握
　　慎選優質公司戶
　　往往不如炒作剝

　　股票是一種變動性的投資報酬率，在投資過程中起伏變化非常地大，自己要保持心情的沉穩，才能夠把握住投資的策略，更要慎選好優質的公司，但是股市中仍然有一些炒手把散戶的錢亂剝，該漲而不漲，不該漲而亂亂漲的現象非常地多，所以還是要用長期投資，不管漲跌才是王道。

## 二 21

### 夢時代購物

萬物群集兩樓間
人潮匯聚購物閒
笑顏逐開逛街遊
避暑談心樂歡天

　　夢時代是高雄一家非常大的百貨公司,由統一企業來高雄設立,許多的物品及商店群聚在百貨公司兩棟大樓之間,許多購物的人潮匯集在這兩棟百貨公司之內悠閒地逛著,看到臉上滿滿笑容的顧客在百貨公司內慢慢地逛街遊蕩,尤其夢時代內冷氣非常地強,可以規避暑氣跟好朋友聊聊天,度過美好快樂歡欣的一天。

## 二 22

### 颱風過境

颶風揚起千層浪
暴雨落下萬戶殃
呼嘯聲來山崩動
祈求家園早復樣

　　112年來了一個颱風,颱風吹起的千層浪花相當地可觀,而下降的雨量在市區跟在山區的老百姓都遭殃了,呼嘯而過的聲音好像山崩地裂般地令人相當害怕,在此希望祈求民眾的家園可以早日恢復以前的樣態,回歸正常的生活。

## 韓劇入迷

韓流入台萬眾迷
影劇情節噴血滴
生活展演動人心
醒時皆是催淚意

　　韓流來襲,全台很多台灣的老百姓都迷上看韓劇,而韓劇的情節有時候像狗血般地噴灑,但是有些也是像生活般的細節展現演出來激動人心,有時候我們在看著韓劇也會掉下眼淚跟劇情融入一起做一個連動。

## 在家休息

繁忙作息不停轉
生活煩碌心難閒
偷得一日浮空想
休養出柵靈光現

　　我本身非常地忙碌,每天都有不同的行程在輪動,並在繁忙的作息之間不停地輪轉,而每天生活非常地忙碌,心理上也難得有充分的休閒,剛好有時候一天如果真的沒有出去外面上班,開會,在家可以好好休息時,有時反而可以靈光乍現有更好的思維產生。

## 二-25 午夜夢迴

每日安睡子時夜
入臥床被共枕歇
霎時夢醒驚開眼
迴想境域倚身斜

　　每天晚上到床上睡覺大概都是1點時候的夜晚,當躺在床鋪上跟著枕頭一起歇息的時候,有時候突然會有因為做夢而驚醒,在打開眼睛的時候有時候也還想著夢裡的境界,並且坐在床邊靜靜地思考著。

## 二-26 手機使用

多少時日　人生長相左右
晨昏共眠　只為喜樂分憂
生活相伴　共渡幾多思愁
早安晚安　已成平常問候

　　在人生的生活階段過程之中,手機跟我們相處多少的時間,也是跟我們長相左右,從白天到晚上,在睡覺中也一起共眠,只是看著手機傳來的訊息,有時又高興,但也有憂愁的部分。每天生活的互相陪伴,也共同度過很多的思念跟惆悵,每日早安及晚安已經成為平常的問候。

## 二、生活點滴小語／031

### 二 27

### 高鐵人生

競速南北通達行
運轉人生創新穎
搭乘已成日常事
不覺睡意相輝映

高鐵的速度非常快,提供旅客可以在南北奔波的快速過程中通達無虞。而且讓南北旅客可以快速地運轉到目的地創造新的商機。而每天搭乘高鐵或經常搭乘高鐵已經成為日常生活的一部分,許多人在坐上高鐵後,不久就會進入夢鄉睡著了,而呈現不同的影像及睡貌交相輝映著。

### 二 28

### 品酒文化

濃郁香氣斟滿杯
法式佳餚幾多回
不知醉意從何起
相飲酒品共伴隨

義守大學 EMBA 校友會成立一個品酒社,結果安排到一家法式的餐廳吃飯,因此寫下這一首詩。濃郁的酒香味道在杯中斟滿,而提供的法式的菜餚非常多,也在不斷來回送達中,不知不覺間,竟然已喝了許多的紅酒,白酒,大夥兒感覺似乎有點醉了,然而酒興不減少,大家仍然暢飲喝著紅酒、白酒,因為這樣的一個氛圍,大家一起相伴吃著法式佳肴,覺得是一個非常好而且具有品酒文化內涵之夜。

## 二/29 忙碌人生

人生匆忙奔西東
時間流轉宛如風
問君為何行如此
一切不語在心中

人生在世非常地匆忙，並且各分西東地忙碌著，時間的流轉好像風一般的快速。有時候問為什麼要這樣如此地忙碌，往往就說不出話來，而事實心中都有無限的感慨。

## 二/30 好友相聚

故人思起見喜聲
相聚共食話今生
曾經多少追憶事
不覺白髮已滿身

以前的故人好朋友突然想起來，而且竟然歡喜可以見到一起相聚在一起吃飯，彼此之間真的有談不完的話題，以前多少的回憶及種種的事蹟，但是到了今天白髮已經長滿，而且都已經白了頭，早已不復以前的樣態。

## 二
### 31

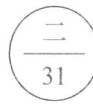

## 老友相見

六十重逢年歲長
白髮穿稀不復樣
猶記當時青春月
話說從前好漢揚

　　同學都已經60歲了，大家彼此重逢的日子裡面都已經長滿白髮，而且頭髮已越來越少，跟以前的青春樣子已經有所不同，而且大家都記得以前青春歲月的時候，談起話那種充滿朝氣蓬勃般的心情，真是不堪回首的記憶。

## 二
### 32

## 卸下主管

曾幾何時負擔扛
日夜反覆思量當
終究不再責任重
回歸田園靜心長

　　從113年2月1日，我就沒有再擔任義守大學行政副校長，在學校擔任行政主管已經二十六年。不管寒暑假，不論一般的上課時間都需要承擔很多的重責大任，有時候一件事情不好處理，往往回到家，在晚上睡覺時會反覆思考，因此會睡不著，因為都在想著如何來因應處理，而在卸下副校長之後，就不需要再負擔相關的責任，可以回歸到田園般心裡最安靜的地方，靜靜地等待生活的調適。

## 二33

### 兄弟情誼

少時情景頻浮現
不復舊往回憶顯
各已成家生兒旁
只惜高堂早離邊

　　小時候兄弟姐妹很多,回顧浮現以前年少時候的情境,但是現在已經沒辦法恢復到以前的狀態,如果只想著之前的回憶,事實顯現出來的已經跟以前有很大的不同,因為目前兄弟姐各自有家庭,也已成家立業,並且有很多的小孩在身旁,只可惜媽媽爸爸走得早,沒辦法在身邊一起共享天倫之樂。

## 二34

### 春節送禮

朋友相交情義長
禮到迎送顯真彰
不在貴重價量高
只求心意厚誼揚

　　113年的春節又是一個過年的好時機,送禮更要送到心坎裡,朋友的相交已有悠久的情誼,而送禮到朋友家裡要能顯現自己的真性情,也彰顯自己的一個好心意,當然東西不一定要非常地貴重,也不一定價格要很高,只希望能夠真心真意,能夠傳達兩邊的友誼能夠悠久綿長飛揚即可。

## 人心難測

多變心境難平順
生活總有挫折損
人間本是多事秋
氣定神閒才是真

　　人心很多元多變,有時候碰到事情,真的心裡反而很難平順,在生活當中本來就有一些挫折失敗及損失,而且在人世間因為諸多因果的交錯,本來就有很多事情會紛擾,希望自己能夠保持精神安定,氣定神閒般,這樣才能過好真正的人生

## 一日賦閒

晨醒悠居在家游
浮生若閒心無憂
終得一日自由身
不接凡事輕如舟

　　突然有一天閒閒地完全沒有事情留在家裡,早上醒來悠哉地在家裡遊蕩,想想看這樣的浮雲人生若無其事般地自在,而且心裡也毫無憂愁,終於如此一天完全沒有干擾地自由生活,也不用管到生活上的平凡事,好像輕舟已過萬重山一般地安然自在。

## 孫文讀書會

〔二37〕

一代偉人千古留
領略神州思民憂
學說貫通中國結
龍傳崛起萬代優

　　孫文讀書會主要針對孫中山先生的一些思維和學說，邀請有興趣閱讀者形成的一個讀書會。孫中山是一代的偉人，其成就在千古之間留下歷史的聲名，而且他的知識視野可以領略整個神州大地，了解民眾所面對的憂愁。孫中山的學說可以貫通中國歷史文化，做一個有效的鏈結，就像龍的傳人崛起，可以讓萬代得到優秀的傳承。

## 人間挑戰及挫折

〔二38〕

禍福相依齊並行
層層難關總相應
諸多考驗歷在目
雲淡面對一身清

　　災禍跟福報都是互相依存的，而且也相互的齊頭並行，許多的層層難關總會互相呼應，諸多的種種考驗都歷歷在目，當然我們自己要有一個良好的心態，可以如雲淡風輕般地面對，也可以帶來給我們清明的一身。

## 中年心情

人生半輩圖求名
望盡虛空才知命
回首過往已不再
夢迴垂淚到天明

　　人一旦到了中年，心裡有很多的感受。想想人生過了大半輩子到底在追求什麼的一個名分，有時候看到過往雲煙才知道虛空的道理，因為空即是色，色即是空，這才是我們真正的命運，回首以前，現在已經不再如年輕般的呈現，有時晚上在午夜夢迴的時候，因為受到感動及影響，也會有流淚到天亮的行為。

## 賦閒在家

晨醒空想入夢留
賦閒休養坐無憂
終日只需時序過
靜待光陰隨東流

　　當一天閒閒沒事在家的時候，在早上醒來，又有產生空想，很快又會進入到夢鄉，而沒有事賦閒在家休養著，就算坐著也沒有任何的憂愁。整天只需要隨著時間的流逝匆匆地走過，也只能靜靜地等待光陰的流逝，宛如隨著一江春水向東流般。

## 二41 抗癌心情

遭逢病魔來相欺　面對癌侵難調理
不識治療真痛苦　走出情緒方是醫
食療補氣添氧衣　樂天通觀才合意
雖有命理終需過　人間自有心寬怡

　　有一個好朋友因為得了癌症,看到她憔悴的樣子就寫了這一首詩。人一旦遭逢病魔的來襲,就好像受到別人欺負一樣,非常不舒服,尤其面對癌症的侵擾,在進行治療後,一般胃口都不太好,也很難調理,其實在治療過程,包括做化療過程真的非常地痛苦,當然這個過程就是能夠管理好自己的情緒,才是醫治的本質。另外每天食物的進食療治,還有自己的氣要補足,尤其要讓氧氣能夠充足,並且能夠以樂天的心情來看待自己的病情,這個才是適合自己的本意,有時候想想命運天理要怎麼樣,就是該怎麼樣,所以能夠看破在人間歲月裡面,能夠用比較心寬的心情來面對,就比較順心自在。

## 二42 小孩教育

復經時代變遷中
教養青年包容重
未如以往記憶時
只願良善能守從

　　在現在的時代裡面,跟以往的教育已經有所不同,而且已在大量快速地變遷當中,現在教養現代年輕小朋友是要重視包容,跟我們以前在年輕小時候的一個記憶真的都不太一樣,當然我們還是希望年輕世代能夠具有優良的本質及善良的特性,這樣才能夠守法從事正當的工作。

## 二 43

### 論人生

人生修行莫徬徨
安心放下才適當
求得自在是圓滿
回顧過往滿行囊

人生是一場修行之路，在自我覺察的時候不要徬徨，唯有安心地放下一切這樣才是適當的修行，而人生要自在圓滿就是就是要懂得放下，這個才是最適當的方式，因為過往一切已經裝滿我們人生的種種過去，想到這些都是過往雲煙，惟有放下才是修行之路的起始。

## 二 44

### 寵物

毛孩入住百姓家
共生相伴互動佳
疼惜照養如兒女
珍愛似命已昇華

台灣社會養寵物已經是普遍在各個家庭之中，而且這些犬貓寵物已經跟照養的人類互相作伴，彼此互動感情非常地深厚，而這些民眾照養這些犬貓對牠們的疼惜就好像在養兒育女一般，甚至有過之而不及，而且對珍愛的程度不會輸給一般真正的子女，已經好像是家人一般，而且已昇華提高到一定的境界。

## 杉林溪茶

茶香入喉氣甘甜
品茗相伴話滿天
杉林溪萃山中精
有如岩窩歸來燕

　　喝了茶進入喉嚨,一股甘甜的氣味不禁湧上心頭,在喝茶的時候有朋友相伴,談話都可以非常地投機,甚至談了一整天都不覺得累。這個茶是杉林溪所精粹出來的山中精華所在,有如在岩壁由歸燕形成的燕窩,而成為茶中的極品,值得細細品味。

## 兒子回家

小兒海外工作歸
回高省親齒搖墜
又是匆匆一日過
奔流北上難聚隨

　　大兒子李濬廷從紐約回來,我希望他在台灣工作,所以兒子從海外回到台灣來找尋適當的工作,目前在新北的一家上市公司工作,但是回到高雄看了父母親,結果他的牙齒竟然出現一些問題,而在家待的時間不多,很快地一天就過去了,又要急急忙忙北上要去迎接自己的工作,以後要相聚真的不是那麼容易。

## 小孩回高雄

少聚離多面見難
回家省親慶年關
終究又當度遠洋
盼得相伴不離散

　　兒子平時在外工作，很少回家，要見個面都很難。剛好趁著過年，回到家看看父母親、想到回到工作地點又要到國外去工作，只期盼可以相互作伴一生不要離散太久。

## 過年回家

笑顏心開回家圓
滿桌豐肴共飲宴
夜話三更慶新頁
回首已過白髮現

　　農曆過年到了，就要回到北港老家過年，看到自己笑顏敞開地回到家裡，跟家人共度團圓年夜飯，而滿桌豐盛的菜餚，另外也喝起酒來，大家一起互相聊聊一些過往的事情，甚至不知不覺之間已經過了很晚的時間已要慶祝新年的到來，另外現在已經超過60歲，回首過往現在已經都是濃濃的白髮已經浮現在每人面前。

## 二 / 49

### 女婿回娘家

女兒嫁離父母邊
翁婿共酒慶家宴
初二吉日迎孫回
笑語常繞大宅院

　　女婿回娘家是一個重要的節慶，我今年也從北港再回到屏東的岳母家，想想看這個女婿回娘家的情境是什麼。女兒嫁給了先生，離開父母的身邊，也想起之前岳父跟女婿一起共飲喝酒慶祝的一個家宴情境，尤其初二就是一個吉祥日子，包括自己的小孩都一起回去看望岳父岳母，而嬉笑聲也圍繞在家裡。

## 二 / 50

### 中正體育場走路

漫步輕啟曲徑中
心靜伴走良田種
滿天星宿掛天邊
樹影直立疊山峰

　　中正體育場是高雄一個走路運動的好地方，漫步走在這個400公尺田徑場的彎繞曲徑中，心裡也平靜地陪伴著走著，而在內心已種下福田，看著滿天的星斗高掛在天上，而旁邊的樹影也矗立，好像層層的山峰般。

## 過年賀語

(二/51)

蛇到迎春詠新年
爆竹乍響開心念
雖有當下多變化
終究人生可轉願

　　金蛇年來臨迎接立春的景緻詠嘆讚揚著新年的到來,聽到爆竹的聲響,開啟心靈的思念。所有當下許多的人生變化,終究還可以轉換一年的心願。

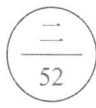

## 除夕圍爐

(二/52)

團圓相伴圍爐邊
薑鴨肉鍋菜合鮮
共飲歡食話夕夜
親情雙流待年現

　　除夕圍爐時,家戶們一起團圓,相互坐在圍爐旁邊,吃著薑母鴨以及白肉鍋伴隨著蔬菜相當地鮮美,大家一起共飲共食美好的食物在除夕夜間聊,也談了很久,只感受到親情之間的相互交流,也默默等待新的一年的到來。

## 蛇年賀喜

(二 53)

龍飛蛇舞迎新年
家人相伴慶團圓
福慧雙修展契機
快樂自在達心願

　　龍年已經離開，金蛇年已經進來，也開始迎接嶄新的一年。旅外的家人回到老家一起共同作伴慶祝家戶的團圓，希望在今年有福氣智慧雙修，展現新的契機，也能夠給自己一個快樂自在的心情達成一年的心願。

## 感冒

(二 54)

昨夜昏沉床頭間
晨霧醒來喉生炎
不覺一夢幾多愁
期盼流感迅如煙

　　昨天晚上睡得昏昏沉沉在床頭之間過來滾去，等到一早醒來就覺得喉嚨開始有發炎疼痛的感覺。真的很感慨睡了一覺卻帶來許多生病的憂愁，希望這一波的流感能夠迅速地消失無影無蹤。

## 二、生活點滴小語／045

### ㊁55 東和油廠

百年東和油飄香
匠心古法聲名漾
竹板穿牆檜木接
歷經滄桑創生亮

朴子的百年東和油廠,所生產的芝麻油及苦茶油滿室飄香,它是遵循古法的匠人精神來製造,因此創造一定的名聲,成為朴子的在地名店。他的房子是用竹板做牆,檜木來做嫁接,成為一間具有悠久歷史的古屋牆,而歷經一百多年的洗禮,歷經滄桑後在新一代接班,進而創造新的生意,讓東和油廠展現新的亮麗光芒。

### ㊁56 去內門南海紫竹寺參拜及幫湯涓甯證婚致詞有感

南海紫竹聚殊勝
觀音慈悲度眾生
積德存善法輪轉
受業解因六道昇

到南海紫竹寺參拜感受很多特殊的因緣、觀音佛祖非常慈悲,都在協助眾生度過許多災劫,人生要多積陰德,多存善果法輪才會常轉,每天都在受業解除因果,六道輪迴才能夠有所提升。

## 二 57 　幸福的味道

　　幸福是什麼味道,沒有用心就感受不到,它就存在我們周遭,日日讓我們品嚐它的需要,如同太太每日的嘮叨、媽媽煮菜的老味道,一句問候的關懷,有如兒子歸來欣喜的擁抱,也像孫子撒嬌的親情呼喊,爺爺奶奶充滿驚喜的微笑。

　　幸福不是大餐伺候,有時清粥小菜就是一餐充滿愛心,令人懷念的人間美味道,幸福也不是家財萬貫,帶來瓊樓玉宇的生活,反而是在一間小房大夥同桌共樂的溫暖加熱包。

　　幸福是一種內心的簡單感受,大夥一起煮菜下鍋的快樂餐餚,幸福是三五好友秉燭飲酒夜語,談論天下品足的精彩絕招。

　　幸福是抱著寵物,說著知心話語的那一座心橋;幸福是坐在書桌,喝著一杯濃厚的咖啡,心裡舒暢痛快的孤獨之交。

## 二 58 　過年慶團圓

家戶喜迎新年來,小兒笑開,長輩送出紅包,又是一年過去,親情共徘徊。
除夕團圓化酒來,冬風不蓋,冷意吹入殘燈,恰似寒氣襲人,暖意傳天籟。
漂泊人生總在外,得見故愛、淚流滿面如雨,最是心情湧現,相伴抱滿懷。

# 三、
## 宗教感悟體驗

## 三-01 拜拜解愁

一點清香訴心求
神佑眾生解煩憂
唯有真意感動天
才能化開萬般愁

到廟裡拜拜點起三支清香,跟神明述說心裡的請求,希望神明保佑眾生,能解開心裡的憂愁與煩惱,但要有真心誠意才能夠感動上天,這樣才能夠化解及處理萬般的焦慮及煩憂。

## 三-02 讀唯識之感想

明心見本性
覺知卻如空
唯識穿無限
道場在自中

佛心就是本心,本性都在心中,因此要明白自己的心境,就能夠看到自己本來的性情。自我的覺察知能,往往像虛空一般,可以無限放大,也可以虛無縹緲。唯識可以穿越無限的空間,道場就在其中,一切也都在自覺自知中。

## 生命輪迴

> 七世輪轉人生跡
> 諸多迴替因果意
> 恰如春夢一乍醒
> 方知千界已更移

人生要經過七次的輪迴，才能夠完成人生軌跡，這一切也都是因果循環造成的種種意象，有時好像春夢一半突然驚醒，才知道萬千世界已經不復以往，早就更換。

## 金剛乍想

> 金剛經　菩提心　無本相　無意相
> 自在心　歡喜心　如幻相　如空相
> 了然自得　隨意自覺　不隨表相　不求過相
> 覺察空意　自在立佛　自有心通　自然超世
> 不落凡心　不想凡事　成就一切　跳脫輪轉

神聖莊嚴的《金剛經》，所提到的菩提心，就是本我的心，要看清沒有本來的相貌，也沒有意識的相貌。一切心如果能夠自在，就可以獲得自在的歡喜心，然而一切的相其實都如夢幻般，也像幻覺一樣，一切也都是如空。惟有我們能夠自在放下，自然看懂人生的一切，這樣就可以隨意自我覺察，也不會隨著外在的意象及表象而自我迷失，更不會要求超過許多相的本質，一旦我們能夠自我覺察到空的意涵，就能夠有所自在，禮佛的境界就更近了。而且能夠了解佛的內涵，心靈上的相通就會超脫世間的一切種種，也會超脫平凡人的心境，更不會被平凡人的事物綁住，這樣就能夠成就一切圓滿，跳脫輪迴的制約，轉向如來自在的西方極樂世界。

## 三-05 拜廟祈福

手持清香一柱拜
心念福田眾神在
祈願祝禱平安心
恩庇眾生十方來

　　到廟裡去拜拜，拿著一柱清香跟神明祈求，用真誠的心境悼念著祈福的言語，希望眾神可以聆聽到百姓祈求的聲音。祝願可以平安如意，也能夠保佑眾生在十方世界的生活一切圓滿順心。

## 三-06 佛光隨筆

佛光普照映天地
日月同輝照宇宙
世人共享慈悲心
萬物皆有感恩佑

　　帶著朋友到佛光山去禮佛，突然仰起天空，看到佛光普照，把大地照的一片光明。而且不管在白天跟晚上都一起把光芒照應著宇宙各地，世人可以一起建立慈悲的心境，讓世間萬物都有感恩的心情，可以得到佛祖的庇佑。

## 捐助法會

心求安祥祝神意
法施普眾福民機
不凡餘生春秋動
江山氣魄風雲起

在法會的現場，每個人心靈希望求得神明祝福的平安吉祥，也恭祝神明能夠來心靈相通，得到真正好的祝福，透過跟神明的互動，祈求為大眾可以給予福氣利民的動機，更希望在未來的人生過程之中，能夠擁有更好的發展，在萬里江山千秋動搖之際，能夠展現不凡的氣魄，進入到國家社會中去做更好的推動跟發展。

## 關聖帝君

忠義耿心護蜀地
守信正義聲名積
留得精神眾民仰
傳芳千秋萬世基

武聖關公是大家景仰的一個神尊，本身具有忠義的本質，也忠心耿耿地幫劉備拿到蜀國的地盤。關聖帝君也具有遵守誠信及正義的名聲而得到眾人的景仰，因此到現在可以流芳百世，建立萬世的根基。

## 三09 八仙過海

海上雄兵飯店起
水道急流體驗力
迎風面洋遊客聚
心靈舒放立生基

　　北京的一間飯店叫八仙過海，海上的雄兵蓋了一間飯店，奔流的水道迎來考驗人的體驗能力，迎風面對廣大的渤海海洋，卻能讓顧客聚集在一起，因為在這邊吃飯可以達到心靈的豁達與舒放，飯店可以據此建立未來生存發展的利基。

## 三10 高山巖福德宮

福德宮中正神居
高山巖旁財氣聚
眾人祈求好運到
惟有積善順心取

　　墾丁關山地區的高山巖福德宮是全台土地公的總廟，在福德宮中內福德正神位居主神的位置，而高山巖土地公可以帶來許多的財氣庇佑，眾人到高山巖拜拜希望能夠祈求有好的運氣可以到來，但是也只有積德行善之人才能夠順心地領取到土地公的恩賜。

## 玉皇出巡

領御眾神鎮金殿
福佑生民笑滿顏
出巡濟世匡社稷
人間有餘慶豐年

　　玉皇上帝是天神的主宰，領導諸多正神鎮守在金鑾寶殿，也帶來福氣庇佑民眾，讓民眾能夠展現美好歡樂的臉龐，而在出巡濟世救人的時候、也可以匡正社會國家，希望人間能夠慶祝豐盛美好的一年，可以年年有餘。

## 佛母參拜

紫雲寺前驟雨落
佛母歸元普照多
昇龍觀音九轉迴
洗滌凡塵回本我

　　位於嘉義縣番路鄉的紫雲寺，它是準提佛母的全台總廟，在開車到紫雲寺的時候突然下起了一陣大雨，也感受到佛母回歸本元那麼慈悲，對我們所有的老百姓照顧非常地多。在寺廟旁邊有一座昇龍觀音，我們經過九次的一個輪轉，聽說可以洗滌凡間的紅塵，回歸到自己本來的自我。

## 三-13 五路財神參拜

聚財八方展利基
神威普照接福氣
眾生求得發心願
五路運轉創先機

　　北港的武德宮是全台五路財神的總廟，它聚集了來自四面八方的財氣，也展現一定程度的發展利基，而五路財神的神威普照在全台各地，另外接了滿滿的財神的福氣。許多的民眾來到五路財神廟，希望求得自己發財的心願，讓五路財神運轉，能夠創造一定程度的發展契機。

## 三-14 聖母參拜

北港香火聖母佑
媽祖鎮守慈航遊
福澤四方保安康
眾民同慶樂無憂

　　雲林縣北港鎮的朝天宮是北港媽祖的所在地，北港媽祖的香火庇佑眾生，媽祖鎮守在北港鎮裡面，以慈航普渡在全台巡守遊歷，而且媽祖的福氣也庇佑四方來確保民眾的安康，所有的民眾也很高興一起來歡樂同慶，展現快樂無憂的心情。

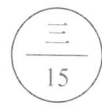

## 地母參拜

　　寶湖仙跡地母境
　　眾神護持接天應
　　修心養身回本元
　　一縷清影照埔景

　　埔里的寶湖宮是地母的所在地，寶湖宮展現的神跡，就在地母的管轄的境內，諸多神明護持在地母廟內，也承接上天的旨意而有所回應。身為凡人的我們應該在此修身養性，回歸到自己本我的境界，有時宛如看著一縷清秀的臉龐照著埔里的一個美景一般。

## 城隍參拜

　　神威鎮攝四方昇
　　排解化劫利眾生
　　一本清心歸有道
　　不容冤屈現世增

　　到鳳山的城隍廟去做一個參拜，感受到城隍廟炯炯有神的威嚴，震懾四方，讓四方都能夠安定昇平，而且在城隍廟裡面可以幫我們排憂解難，也度化一些劫難來利益眾生。如果自己有著一顆清明的心境，想要歸入到道統的一個發展，最後城隍廟也不會任意誣蔑無罪者，也會作出現世報。

## 三-17 人間佛教

星開佛性傳世留
雲啟教義遍五洲
法佈眾生共修持
師起本我心自流

　　人間佛教佛光山是主張人間佛教的一個代表地。尤其星雲大師開啟佛光山的明心見性而傳世流芳,另外星雲大師本身啟動的佛教教義也傳遍在五大洲各地,而在佛法裡面布施眾生,也希望大家一起共同來靈修持戒,所以自己本身也要引領自己的本我,讓自己內心能夠自然流暢,順著佛家的一個思維而自我修持。

## 三-18 佛語廣傳

每日佳語傳諸友
佛偈傳世啟天佑
終渡塵埃浮雲相
有緣入心能看透

　　佛家都在勸人為善,而講出的話語都是人們可以廣為流傳的好話,所以每天早上的問候,可以提供佛家的美好語言傳給許多的好朋友,尤其因為佛家禪示的偈語可以流傳世間,並且開啟老天的一個保佑。在人生中如何度過凡間的塵埃,看著浮雲人生的種種形相,相信如果有緣的人,就可以從內心的本我也許能夠看透世間的一切。

## 月慧菩薩

月昇靜寂揚蛙鳴
慧啟眾生爍天明
菩提自有圓夢曲
薩道滿身皆是命

　　月慧菩薩是一個很有智慧的慈悲菩薩,因此用祂的名字寫了一首詩。在月亮升起靜靜地揚起青蛙的鳴叫聲,用智慧開啟眾人閃爍到天亮,而婆娑菩提世界中自有圓夢的一個曲目,因為菩薩全身都是來自天命的運作使然。

## 拜拜求神

神桌立案浮世報
威儀鼎天伏群妖
眾人求得財名氣
只嘆福佑誰自保

　　台灣人很喜歡到廟宇去求神拜佛,在廟宇的神桌上,立著許多的申案,每一個都是浮雲人生的一個因應果報,而看到神明威望的頂天立地儀容,希望把世上的妖孽給收啖。而許多老百姓希望求得財富及名氣,但是有時候在請求保佑的過程之中,也要問問自己有沒有做好一些事情,有沒有好的德性,為什麼神明要特別保護你。

## 三/21

### 慈濟佳語

佛濟眾生出佳語
入世悲憫解化育
本已修得超凡果
仍待融合展飛羽

　　慈濟是國內的四大佛教宗教團體。佛教普濟眾生經常出版很多有用的佳話，提供給眾人知道學習精進，尤其進入到人世裡面，要有悲天憫人的胸懷來解決化掉眾生很多的一些問題，自己有時候覺得已經修得不錯，也已超越凡人的因果，可是還是要融合匯集多方的知識感受，才能夠展翅羽化飛翔。

## 三/22

### 東照山關帝廟

俯覽港都夕陽暉
照撫眾生忠義會
武聖精氣聚天地
恩庇信民騰龍飛

　　位在大樹的東照山關帝廟，是供奉武聖關公的一個廟宇，到了廟前場地，一眼望去非常地開闊，可以俯瞰高雄港都，尤其在落日夕陽之下更有美麗的景色，而關帝廟照顧百姓眾生，也相對凸顯祂的忠肝義膽的氣節，而關帝廟裡面也匯集關公精忠的氣氛聚集在廟宇天地之間，也把祂的慈恩庇佑祂的信眾，未來能夠輝煌騰達。

## 張天師崇聖殿

天師正氣天狗離
崇聖諸神鼎柱立
三清道祖龍轉運
玉皇大帝乾坤移

　　位在大樹崇聖殿的張天師廟，一進去裡面看到張天師正氣凜然的神威可以治化天狗的衝擊，而崇聖殿諸神像頂天立地般柱守在廟裡面，包括三清道祖都可以祈求轉運，而玉皇大帝則有乾坤轉換的力量，移轉人世間的諸多改變。

## 白沙屯繞境

拱天媽祖北港行
眾生伴走神蹟興
萬人祈求福佑顯
穿街繞境驚奇景

　　苗栗白沙屯拱天宮每年到北港的繞境，已經變成是國內重要的一個文化民俗活動。由苗栗拱天宮媽祖廟到北港的一個步行之旅，許多的信眾一起陪伴著媽祖的路徑，而媽祖也展現許多的神蹟，所有人都在祈求媽祖的福氣，希望能夠有所庇佑彰顯，而在穿越不同縣市鄉鎮時候的繞境也展現出來令人驚奇的景致跟不同面貌。

## 三-25 麒麟聖獸

帝生九子轉神蹟
龍體昇飛化聖意
麒麟一躍登高處
庇佑三世話真理

　　皇帝生了九個小孩，其中有一個就是麒麟，牠經常在祭拜過程給我們展現神奇的事蹟，而麒麟龍體一旦昇飛起來就是要傳達聖上的旨意，而麒麟一躍起來可以登到較高的一個地方，也可以去庇佑人間有三世的時間，並傳達世上的真理。

## 三-26 聖旨開天宮

承命化開天地劫
龍血脈動萬世接
無私撐起台灣運
伴隨眾神展新頁

　　聖旨開天宮是承接天意的使命下旨要化開許多天地的劫難，尤其是在台灣，而且宮內也承接龍族的血脈，接續歷朝歷代萬世的延續，主事的宮主及主持要以無私無我的心境撐起台灣的命運，也跟隨所供奉的眾神一起展開台灣新頁章。

## 三-27 碧霞元君龍鳳宮

碧雲彩天泰山立
霞光萬丈黎民依
元神本是三聖尊
君臨龍鳳萬世基

龍鳳宮是位在前鎮供奉碧霞元君主神的廟,因此用碧霞元君做了一首詩。在藍天碧雲的彩色天地裡面,山東泰山景區碧霞祠是碧霞元君的總廟,祂的霞光萬丈讓黎明百姓得以有所依靠,祂的元神本來是三勝尊,也經常在前鎮龍鳳宮來協助庇佑眾生,而對於歷代皇帝的封禪都有扮演重要的功能跟角色,也是萬世立基之所在。

## 三-28 濟南府學文廟

府學文廟行古禮
齊魯成風尊天地
海岱泮池兩相走
祭孔大典留宗蹟

濟南的孔廟稱為府學文廟,剛好帶了一批學生依循著古禮、穿著漢服來進行一個古代的祭孔典禮,山東是齊魯大地,也相當尊重天地的規範,而在海岱泮池是要求相互行走在兩邊,另外在祭孔大典裡面,就留下許多的宗教蹤跡跟遺跡。

## 三-29 祖父李水煙撿骨

世居大溝李家堂
勤耕農事照兒郎
一生清袖立鄉里
留德子孫昇飛揚

　　李水煙是我的祖父，從歷代祖先來台發展，已經世代定居在水林鄉大溝村的李家祖厝裡，為了照養出生的小孩，因此勤奮耕種農田，靠著收成來養活一家人，祖父一生不貪不取、兩袖清風立足在鄉里之間，希望以助人公益的心境，能讓後代子孫，可以能留下好名聲及道德力，並以此為鑑，未來能夠有所成就，在故鄉中讓李家子孫發揚光大。

## 三-30 媽祖開天

台灣國基新開天
媽祖作主創紀元
五龍經濟聚台城
活水入島符心願

　　這一場媽祖開天的法會，主要是提出台灣的未來會展現新的國基，開創新的紀元，這次是由媽祖來做主，創造新的經濟事蹟，而且有五龍帶來經濟的活水，注入在台灣這個寶島上，帶來六十年的繁榮及成長，而且成為台灣民眾未來發展的新願望。

## 慈濟靜思語

善意正心智慧語
字中唔見施愛予
思量眾生皆有渡
得道明性普化雨

　　慈濟由上人寫了一本靜思語的書,在書中描述許多的正言正心善語,也啟發很多智慧的言語。在文字的字裡行間,讓我們看見應該是施比受有福,更要能夠愛及他人的言語。在此思量眾生都需要求得度化,而在得道以後,可以明心見性般普渡眾人,也如同及時雨恩施大地。

## 拜訪張良廟

背山面庫大廟啟
雄崌俯臨張良立
入世扶鸞濟生民
匡興伴琴解苦離

　　到燕巢的顯明殿,就是供奉張良廟的所在,本座廟背後有一個小岡山,面對的是阿公店水庫,而蓋起這間大廟,非常雄偉地設立,也可以俯瞰阿公店水庫,而張良的主神也就設在這個顯明殿內。廟內有一位何董事長也當張良主神的化身來扶鸞濟世,幫助求神拜託的老百姓,他的名字就叫做何匡興,他的太太有一個琴字,就在顯明殿這邊解救苦難的一般人,希望能夠給他們一個好的指引。

## 三 33 城隍爺拜拜化解恩怨

鳳山城隍解心憂
論斷陰陽化民愁
舉頭只見七八爺
正念不散氣自留

　　到鳳山城隍爺拜拜,可以化解心中的憂愁,而城隍爺就是論斷陰陽事,也解答民間百姓很多的恩怨情仇,抬頭只看到七爺八爺佇立在兩旁,而不覺之間心中揚起的正念正氣一直留在心中久久不散。

## 三 34 媽祖開天法會

高屏溪畔天壇立
媽祖開天展新機
法會化昇萬靈渡
國基經轉南方起

　　在高雄大樹高屏溪畔的天壇舉辦媽祖開天的法會,希望展現新的契機,法會會度化萬靈升天,也會化災化劫、祈求兩岸和平,希望未來國家的基礎經濟反轉將從南方崛起。

## 心潮緻麗活動

龍心潮動法身喜
彩緻麗耀靜禪意
雖有諸多煩憂事
捨下凡念皆順誼

龍神的心帶來心潮的悸動,充滿了一生的法喜,彩色精緻美麗飛躍的互動帶來一絲充滿安靜的禪意。雖然人生有許多煩惱煩憂的事情,如果願意捨下平凡的思念,一切都能夠很平順合誼。

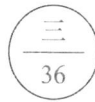

## 迎財神

財星彩照送神意
寶氣東來迎佛喜
人間本是多命苦
唯有真誠順天機

財神爺帶著彩色光芒照耀大地送來財神的旨意,看到充滿財氣的寶氣從東方迎來,也帶來一陣佛法的歡喜,在人間工作本身就要付出很多,命運非常地苦悶,也只有懷著一心真誠順應天機的到來。

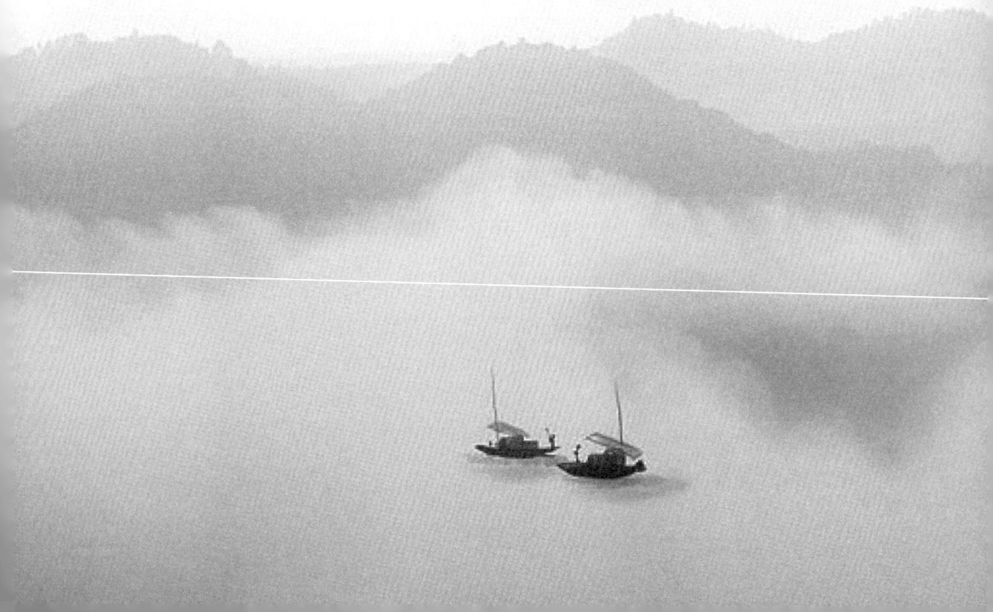

四、
旅遊休閒記憶

## 四 / 01 雲林記趣

農耕春曉稻穗搖
鳥鳴蟲嘶夏意到
驚雷乍響雨落下
方知大地熱滿潮

　　回到雲林的老家，雲林是一個以農業為主的社會，也是農業的首都，農民在春天早起就要去田裡耕種，看到長滿稻穗的葉子到處搖動，許多鳥叫聲、蟲鳴聲似乎告知夏天已經要到了，尤其聽到一聲雷聲響起，突然下起大雨，才知道整個大地好熱，也需要雨水的甘霖來滋潤降低土地的熱度。

## 四 / 02 福州茉莉

茉莉花香出福州
春天氣息滿室留
猶記萬民皆愛聞
贏得世間千古流

　　茉莉的花香來自於福州，福州的市花是茉莉花，尤其春天來臨時，滿室都充滿了茉莉的花香，在福州地區的老百姓都喜歡聞到茉莉花的味道，所以經過世代的流傳，仍然能夠千古不滅不斷地傳誦茉莉花香的味道。

## 滿城金甲

皇族爭權震五洲
太子系出立中軸
金甲武將號天下
可惜春秋帝不頭

有一部電影叫《滿城盡帶黃金甲》,敘說皇帝跟太子之間爭奪權位的故事,在當時威震五州大地的太子,武功相當高,是由皇后所生,本身就是立鼎中原的中樞地位,他是一個金甲武將能夠號令天下的雄兵,但是呢在這個春秋世代,皇帝卻不願意把皇位立即交給他,因此形成皇帝太子皇后之皇位爭奪戰,最後是皇帝做好準備,太子輸掉這場戰爭。

## 北京新區

先進產業在亦莊
經濟增長有藥方
智能管理已常態
城市躍升靠東揚

到北京參觀亦莊新區,區內有包含許多先進的產業進駐,經濟快速增長並有很好的治理藥方投入,尤其智慧化的管理已經成為生活的常態,城市的治理則要靠區內東揚公司來大力推展。

## 四/05 朝陽亮馬

朝陽區中揚柳曳
亮馬河畔遊船移
五光十色照兩旁
自覺飛動如雙翼

在北京朝陽區種了許多的楊柳隨風飄曳,在亮馬河畔也有許多的遊船在移動中,旁邊五光十色的燈光照在河的兩旁,好像一隻會飛的雙翼大鳥在亮馬河中展現亮麗的鋒芒。

## 四/06 九曲洞遊

九曲洞中迎峽風
峭岩石壁燕相逢
濃濃溪水流不盡
蟬聲響起龍橋東

來到聞名世界的天祥太魯閣,在九曲洞中迎著峽谷吹來的風,陡峭的石壁看著成群的燕子在此處相逢,聽著濃濃的溪水,似乎像流不盡般,只聽到在龍橋的東邊響起陣陣的蟬聲。

## 北京作客

天子腳下首都行
悅動高雄社團情
五年重回北京夢
數字生活經濟興

在北京有好朋友請吃飯寫了一首詩，北京是首都也是天子的腳下，這次到北京參訪的主題是躍動高雄社團情，想起五年後再回到北京交流，卻看到北京已經邁入數位生活，經濟發展也有了很大的轉變。

## 工商聯訪

英雄眾匯工商聯
企業創新奔九天
深訪互動展經營
永續運行照無邊

在北京參訪工商業聯合團體，工商聯是由各個優秀企業英雄匯集，具有創新動能讓企業可以有九霄雲外的無限發展、在密切訪問互動的過程中，企業家們展現良好經營的想法跟出台許多商機，而且可以在未來永續發展，形成未來無邊界的巨大商機。

## 四/09 北京地產

方寸地貴居不易
中軸主城貫道一
誰知人世買屋難
六輩共濟助房立

　　北京是中國大陸的首都，方寸之地要居住非常不容易，因為地產價格非常高啊，尤其要在貫穿首都中軸線上的北京，才知道買房子非常困難，需要有雙方父母親及祖父母六人的共同濟助才能夠買到一個窩，也才能夠在北京有所立足。

## 四/10 泉州古城

千年底蘊古城居
明清文化交相趣
灣流匯合產業起
福建泉城亞太崛

　　福建的泉州是一個具有悠久歷史的古城，住在泉州城具有千年的歷史底蘊，不僅是明清文化交融的一個地方，也產生許多的生活趣味。面對泉州灣河流域的會合，也產生許多的業種業態，使得福建的泉州城成為亞太的重要領導城市。

## 文旅報告

東方大港泉州城
文化商旅迎客興
生活融合魅創新
科技賦能自由行

　　我在泉州市舉辦的文旅論壇做了一個報告，內容是泉州是東方的大港城市，具有悠久的歷史文化，許多外國商旅來到泉州市，而泉州市民也高興地迎接來自四面八方的貴客。在泉州城的生活可以融合許多的魅力跟創新的內涵，目前推動展現科技的能量也可以自由地在城市裡面發揮創造跟運行。

## 星宇航空

蒼穹天空馳萬里
翱翔雲境展先機
創新經營贏眾任
突破逆境衝業績

　　飛機進入蒼穹的空域，奔馳在萬里的星空中。而且穿越雲霧繚繞之際，不斷翱翔在不凡的星際。星宇航空以創新的理念及經營的手法贏得民眾的信任，希望可以突破逆境，衝出美好的業績。

## 淄博天街

(四/13)

淄博天街百家業
古城薄餅醬香味
本有岸稅富周村
幾載春秋千江水

　　山東淄博有一個天街，裡面聚集了很多各式各樣的百家百業在營運，相當熱鬧，在這一個古城裡面的薄餅非常出名，具有醬香的各式味道，非常美味，在當地河岸本來有徵收來自各地的岸稅，所以周村非常的富有，誰知經過百年歲月，已經變成了另外一個樣，好像千江水一般，已經度過幾載春秋歲月。

## 山花映水紅民宿

(四/14)

魚遊自在池畔中
花影飄逸蛙鳴鐘
回首望遠天涯路
猶如夕陽向西紅

　　山花映水紅是在花蓮的一間很棒的民宿，在民宿中，我看到了自在魚兒幽然快樂在池中嬉游者，而民宿中種植的花朵影子飄逸在眼中，青蛙的鳴叫好像鐘聲地叫醒早起的我們。看著窗外美麗的遙遠天空，驀然回首好像已看到天涯的盡頭，猶如夕陽西下一般的紅著，不僅令人濕了眼眶，也有著深深地感嘆及悸動。

## 花蓮遊記

　　花蓮水色映相紅
　　太魯閣道雲影踪
　　七里潭邊四九遊
　　布洛灣內山水逢

　　112年到花蓮去旅遊，看著花蓮美麗的山水互相輝映，到了雄偉的太魯閣，進去裡面只見山谷之間的雲層影色經常飄出蹤跡。我們也到花蓮七星潭及四九樂園去旅遊拍照，也到布洛灣內的山水逢飯店用了午餐，真是美麗的花蓮，可惜113年的4月3日地震把花蓮的美景給震垮了，還好有提早在112年有跟好朋友去玩了一趟。

## 關山龍鑾

　　綠樹草茵涼如風
　　夕照關山相映紅
　　藍洋平濶猶似鏡
　　龍鑾潭邊千鳥逢

　　墾丁地區的關山及龍鑾潭是知名的景點，清翠的樹木、綠色的草皮，加上一陣涼風吹來，令人非常地舒服，關山的落日夕照相當地知名，紅色的太陽印在海面上，令人相當地動容。看到藍色的台灣海峽平波壯濶，好像鏡子一般地寧靜，另外在龍鑾潭旁邊飛來幾千隻鳥，大家一起相約在這邊過冬。

## 四/17 松園別館

遠眺紅橋平洋塔
樹蟬啼叫蜻蜓踏
清風吹拂牌樓柱
四季葉落松園家

　　花蓮地區有一間日本宿舍改建的松園別館，相當吸引遊客的到來參訪，在別館內遠遠眺望就可看到一座紅橋就佇立在太平洋的燈塔旁邊，館內樹上的蟬聲啼叫，還有許多的蜻蜓也來一起踏青，不覺之間一股清風吹拂在牌樓的柱上，四季的落葉也掉落在松園別館內，形成一幅相當令人值得拍照的景緻。

## 四/18 深圳速度

滄海村居成巨擘
高樓聳偉產業博
三十變化星換移
深圳速度聲名播

　　深圳原來是一個小漁村，現在已經發展成超過2,000萬人的一個大城市，深圳原來人口就五萬人，就在滄海一粟之間，不知不覺已經形成超大城市的巨大發展。在深圳市建有許多的高樓，雄偉地群聚在城市裡面，而且有不同的商業機能及產業在深圳發展。經過三十年的物換星移變化，才能夠得到這樣的一個狀態，所以稱為深圳速度，在全中國大陸各地聲名相當遠播，令人相當讚嘆。

## 西螺一日遊

> 西螺好米冠全台
> 黑豆醬油眾人愛
> 蔬菜供應銷寶島
> 七崁武術通四海

　　位於雲林縣的西螺鎮，高雄市雲林同鄉會在112年帶領理監事及顧問鄉親回到西螺去辦理一日的遊覽。西螺位在濁水溪畔，所生產出來稻米是全台之冠，另外一個產品就是黑豆釀的醬油，也得到全台老百姓的喜歡。另外也是一個蔬菜專區，所供應的蔬菜行銷到全台灣各地，之前也有西螺七崁的武術，也是連通五湖四海相當著名。

## 黑豆醬油

> 黑豆原生是毛豆
> 溯源釀造轉質優
> 三年日曬成極品
> 冠名全台一刀流

　　西螺當地產的醬油都是由黑豆來製造，它的前身是毛豆，當我們回溯本源去了解黑豆釀造醬油的優良轉換質量過程，同時要經過三年的太陽日晒，才夠成為醬油中的極品，因此西螺的醬油是全台知名，真的可以稱為一刀流這樣的一個尊稱。

## 四-21

### 西螺米廠

稻穗滿田慶收成
收割入廠去殼生
白米亮耀潤澤度
納貢冠台極品昇

　　到西螺旅遊，講到西螺的稻米也是全台知名，我們看到在西螺所種的稻米脈穗滿滿掛在田裡面，也等待慶祝豐收，在收割完後的稻子會進入到碾米場裡面去掉稻米的外殼，呈現出來白米的亮金顯耀具有一定程度的光澤潤度，而且它也曾經是進貢到日本天皇的稻米產品，所以是一個米中的極品，本身也不斷地在躍升當中。

## 四-22

### 中山市遊

千島浮洲匯中山
僑鄉聚富榮故里
救國大業成偉人
史載名流千秋力

　　112年暑假到中山市進行旅遊參訪，中山市有幾千座的島嶼，也有一些浮州，剛好一起聚集在中山市，它也是一個著名的僑鄉，而這些人在海外發展，成功累積很多的財富以後就榮歸故里，而且也在積極協助推動反清的一個大業，所以偉人國父孫中山先生在他們出錢出力下，才能夠推翻掉滿清政府，建立中華民國，因此可以留下歷史記載這些千秋人物，也展現出來不凡的偉大貢獻而留名。

## 南沙開發

〔四/23〕

十年追趕南沙起
新興業聚立新基
大灣鵬動躍粵港
東方明珠展契機

　　在廣州最南端的南沙區，經過十年的規劃及追趕，已建立發展南沙有了非常不錯的成績，新興的事業體聚集很多，所以可以立下良好的新根基。而南沙剛好跟大灣區可以作連接，好像大鵬展翅般，在廣東跟香港之間作整合躍升驅動，宛如東方明珠般展現新契機。

## 西螺大橋

〔四/24〕

紅橋挺立濁水邊
橫貫雲彰兩縣牽
溪畔風情美如畫
餘暉映照共伴連

　　西螺大橋是位在雲林跟彰化交界的一座大橋，紅色的橋影挺立在彰化雲林中間的濁水溪兩邊，剛好橫貫雲林跟彰化兩個縣市，讓彼此可以來做一個連動。而在濁水溪畔的具體規劃所呈現的風貌，更如美麗的畫作一樣，在夕陽餘暉中映照一起共同相伴連動。

## 四/25 埤頭張厝

埤頭張厝發願力
繪本創生築新基
街村鄉民群投入
迎訪外客創興利

　　位在西螺埤頭張厝地區是一個地方創生的代表區域，因為地方人士的共同努力，所以發起一股推動改變的力量，並在該區做了很多的繪本及地方創生，希望建立起新的根基，而社區的老百姓跟民眾也一起聯合投入下去，來共同迎接外來的客人，進而創造事業經營的利益。

## 四/26 雲林一日遊

左鎮化石溯萬年
玄空妙法醒世間
玉井芒果冰淬煉
台南水道樂無邊

　　高雄市雲林同鄉會在112年到台南進行一天的遊覽，第一站來到左鎮的化石館，而這個化石的年代可以歸溯到萬年，而後來到玄空寺，所展現出來的靈妙佛法，更讓世間能夠有所覺醒。下午也來到玉井芒果冰的所在地，吃了一碗芒果冰後，宛如淬煉般，真的感覺冰涼無比，最後來到台南的水道園區，也了解發展的歷史沿革，真的度過一個美好快樂的一天。

## 台東之旅

海色連天成一線
山蠹道口綠廊間
東陽浮出日影照
金針花開惹人憐

　　台東是台灣的後花園，到台東的旅遊，我們看到太平洋的顏色跟天空的顏色連接成一線，而山林之間的隧道口也呈現許多綠色的植被形成一面綠廊。東邊的太陽浮現出來太陽影子的一個照片，而且也看到台東長滿了金針花，花開以後也得到許多人的愛憐。

## 日月潭島

明鏡霧起晨曦濃
潭清島立孤舟中
六蛙浮出水影間
向山飄味咖香湧

　　日月潭是南投的一個知名旅遊景點，像鏡子般的潭面在起霧以後，結果在早上如晨曦般地濃厚，清明的潭中島嶼立在孤獨的船邊，而當六隻青蛙開始浮出來在潭中水影，結果在向山區飄來一陣的咖啡香，不斷地湧現在我們的身旁。

## 四 / 29

### 東華大學

青山樹影水漫游
鳥鳴蟲嘶夜明悠
地動驚天常伴在
洄瀾灣上立東洲

　　112 年到東華大學做校務評鑑，走進校園看到東華大學的景致，因此做了一首詩。青翠的山巒夾雜著樹木的倒影在水中慢慢地遊蕩著，聽到校內鳥鳴蟲叫聲不絕於耳，並在晚上展現悠遊自在的樣態。而花蓮經常有地震，而且震度都非常地高，但也跟他們生活習習相伴，另外花蓮有一個美麗的洄瀾灣，上面有一個東洲駐立著。

## 四 / 30

### 林獻堂故居

景薰樓設書香庭
萊園宅居醉月亭
五桂習池天鵝遊
蓉鏡齋邸魚躍廳

　　來到南投的林獻堂故居做一個參訪。故居裡有一棟樓叫景薰樓，在樓內有設了一個書香庭，也擺放許多的藏書，另外設立的萊園，之前的人住在裡面，還有一座醉月亭坐立在旁邊。屬於五桂人士的習池，上面也有天鵝在嬉游著，而看到芙蓉齋前則有鯉躍龍門的一個象徵豎立在兩旁的廳堂。

## 旗山老街

老街行人漫步中
追憶懷舊尋影蹤
多少笑語已不復
徒留殘夢隨風終

　　旗山老街是最近興起的一個旅遊景點。在老街中的遊客慢慢地在街上走著，懷著以往的思維及追憶在老街中尋找舊日的蹤影，有時候想著以前的歡笑言語，卻已經不再看見以往種種，只留下殘缺的夢想，隨風蕩漾。

## 澄清湖走春

澄湖水波平如鏡
眾鳥群居聲謐靜
九曲橋畔魚躍起
花旗木邊葉飛紛

　　每年高雄成大校友會都會在新年第一天來到澄清湖健走。澄清湖的水波好像鏡子一般地平靜，許多的鳥兒群聚在此，彼此吵雜聲音打破平時的安靜。澄清湖的九曲橋畔有時會看到魚兒躍動起來，而花旗木邊卻看到葉若紛飛。

## 逸安居遊

山嵐渺渺逸安居
水波粼粼野鴨聚
綠草如綿樹成蔭
落葉松畔迎客趣

　　到了林益安先生的逸安居這個農場，心裡有很深的感受，在農場內可以看到山間的霧氣渺渺茫茫地飄了起來，就在逸安居旁邊形成一幅很特殊的景象，而農場內的湖，只見到波光粼粼，也吸引了很多的野鴨一起來聚會，而經過整理過的綠色草皮很像綿羊般地柔順，旁邊的樹已經形成可以庇蔭的大樹，所種植的落葉松好像在水邊等著迎接很多的貴客來臨一樣。

## 雲林故鄉

農產物豐漁跳鮮
宮廟禮教神蹟現
濁水米樂醬油燒
蔬果酪品清平宴

　　雲林縣是一個農漁業的大縣，農產非常地富饒豐盛，魚貨也非常地新鮮活跳跳，而雲林縣有很多的宮廟，也存有很多的禮儀跟教化以及神蹟經常會浮現出來，另外包括濁水米、還有西螺的醬油也非常地著名，還有包括新鮮的蔬果以及酪牛的飲品，宛若清平宴一般令人讚賞不已。

## 花蓮有感

環山雲嵐綠衣披
村屋散落相移集
黃穗稻脈隨風搖
樹影垂掛旅人憶

　　到了花蓮旅遊，在沿線坐火車的過程中看到環山遍野的綠色山嵐像白雲飄來飄去，還有綠色的外衣包覆在山上，村落之間的房子散落在這個平地之間相互聚集移動，另外也看到周遭黃色的稻穗脈影隨風搖曳著，樹上的影子垂掛著，宛如帶來旅人的一個深層追憶。

## 花蓮松園小憩

琉松挺立松館居
夏鳴蟬聲惹人趣
紅塵乍過不知年
借問春來冬已去

　　松園別館是花蓮許多日式建築留下來的一個重要旅遊景點，在松園北館裡面有琉松挺立著，夏天蟬聲的鳴叫讓人帶來很多的趣味，有時候想著世間的紅塵已經剛過完，不知道一年已經結束，所以在這邊想要借問是不是春天已經來了，冬天已經結束。

## 四 37　花蓮將軍府一遊

　　百年青榕將軍府
　　花岡山前美侖屋
　　昔日英魂已不在
　　徒憶過往留青舞

　　來到花蓮參訪的將軍府，看到百年的青翠榕樹位在將軍府內，後面有花崗山，前面有美崙的大樓，其實之前的英雄魂魄已經不在這裡，只是徒留回憶過往，好像之前青春歲月在跳舞著。

## 四 38　花蓮松園別館

　　松園蟬聲鳴
　　紅橋風吹應
　　人間漫步走
　　靜待到天明

　　在松園別館內聽到蟬聲的鳴叫，而且看到遠方的紅橋跟吹來的風相互回應著，走在這個松園別館的步道上，有時也想要一直靜待到天明的來臨，享受一絲的寧靜。

## 花蓮松園外景

紅塔矗立汪洋中
車行穿流幾時重
自是青天白雲起
惟見鳥飛漫遊踪

在松園別館外面，我看到紅色的燈塔矗立在太平洋中，而車輛的川流不息不知道已經經過幾次的重複，看到外面有青天白雲的飄落，也看到有野鳥的飛行漫遊在這個附近之中。

## 花蓮鯉魚潭遊

阿美先祖鯉魚遊
平潭躍起照無憂
山嵐霧境迎客行
綠樹青繞精氣留

到了花蓮鯉魚潭，那是一個阿美先祖來到這裡，發現這樣的一個景點，像是一條鯉魚般，所以稱為鯉魚潭。而平靜的潭水一旦有躍起的光芒，也照耀著我們帶來無憂無慮的生活，山林之間起霧以後，好像迷霧的情境迎著客人的到來，而綠色的樹木有青色的藤蔓纏繞著，好像留下許多的精神氣味讓我們好好去品味。

## 四/41 青州古城

濰坊青州古城遊
特色小吃食滿周
門樓街景清明圖
文風采祿樂無憂

　　濰坊的青州是仿〈清明上河圖〉所做的一個古城，這裡面有一大堆當地特色的小吃，可以在周遭裡面吃得非常地飽滿，而門樓街景的一個心境就像之前的〈清明上河圖〉一樣，讓人們能夠承襲齊魯大地的文風采祿，也讓生活在這邊的人可以快樂無憂愁般。

## 四/42 黃河在濟南

萬里波濤黃河水
滾滾東流不復回
澤潤齊魯千萬畝
史載山東幾日歸

　　黃河水流到濟南，產生像萬里波濤洶湧的樣子，滾滾河水向東流去就不再回來，而流經的區域也造福山東齊魯大地千千萬萬畝田，能夠有良好的收成，歷史記載山東對於黃河的諸多詠嘆，黃河何時才能歸去。

## 濟南曲水亭街

珍珠泉邊臨米濯
王府池中垂楊搖
曲水亭旁古街立
泉城文采老殘笑

　　曲水亭是濟南市一條重要的古街道,具有許多的歷史文化底蘊,其中有一個珍珠泉,早期很多人在那邊洗米,而旁邊的王府則種了許多的柳樹,在那裡隨風搖曳,曲水亭街現在有很多的古街道,濟南稱泉城,吸引許多文人雅士在這邊吟詩作對,尤其《老殘遊記》所記載的種種生活歡笑都在這邊發生中。

## 泰山拜廟

絕頂封登帝王禪
俯臨齊魯南天山
碧霞尊者鎮其中
元君善悲佑生安

　　泰山是一座歷代君王要登上峯頂進行封禪大典的一座聖山,從泰山上可以俯瞰齊魯大地,而從泰山中頂的南天門可以一路走到泰山,其中碧霞祠中的碧霞元君也坐落供奉在泰山上,而碧霞元君的慈悲良善也在庇佑山東的所有眾生,讓他們一生皆能平安。

## 坐郵輪遊高雄港 (四45)

海上郵輪行高港
美食佳餚伴夕陽
樂頌吟唱快樂宴
人生相惜心飛揚

9月9日傑經會在高雄港安排遊港,船來自高雄市政府車船處的郵輪,行駛在高雄港內,由王鐘賢會友準備的豐盛佳餚伴著一路夕陽的西下在船上用餐,會長芳葳有準備拿卡西給眾人歡唱,彷彿一場快樂的盛宴在船上展開。有時想想人生莫過如此,大家彼此相惜的人生,心裡也不僅飛揚起來,感覺非常地快樂。

## 草嶺一遊 (四46)

清水溪口鳥飛鳴
孟宗竹邊風吹鈴
雲嶺之丘觀山趣
杉林步道雲開明

9月8日帶領雲林縣的鄉親及理監事回到雲林故鄉草嶺遊玩,在草嶺的路上,我們會經過清水溪口,看到成群的飛鳥在那邊鳴叫,而草嶺種了一大堆的孟宗竹,而竹葉經常隨著風飄動而像鈴鐺一樣的叫聲,接著我們到了南投雲林嘉義的三角點雲嶺之丘,看著三邊的山脈林立,然後走到杉林步道,雲霧都已經化開,這時太陽已露出明亮的光芒一般照耀大地。

## 四/47

### 五元二角

　　草嶺編織竹角亭
　　踏行飛瀑聞風聽
　　原來不識地名誌
　　旅人浣笑清溪靜

　　草嶺有一個地名叫五元二角,主要是由竹子編織成不同竹角亭,走在路上看著下落的瀑布群好像風一般的聲音,讓我們聆聽著。原來這個地方有一個特殊的名稱叫做五元二角,讓走過的旅人都浣著聲音笑著,看著安靜的溪水在流動著。

## 四/48

### 天津開會

　　津門雄崛海河口
　　金融大業照神州
　　回首燕棣靖難役
　　渤海新都長城遊

　　天津是渤海的門戶,有一個舊地名叫津門,雄崛在天津的海河口上,天津的金融業非常地發達,在整個中國大陸非常具有競爭力,而且雄霸一方。回顧天津在明朝燕王朱棣的時代,曾經發生過靖難之役,讓人對天津留下很深刻的印象,天津也是渤海的新都心,也有一個古老的長城值得一遊,更是一個發展事業的好地方。

## 四／49 衛武營遊賞

白簷穿雲柱立間
廳院交錯音隔閒
藝展文情居中堂
南方樂起漸入巔

　　到衛武營國家藝術中心聆聽表演,而且看了衛武營的建築產生一些感受。白色的屋簷穿透在雲層間,許多中間的立柱形成重要的基礎,衛武營藝術中心的展演廳乃交錯在建築之中,而且彼此隔音的效果特別地好,對於藝術文化的展覽則放在中間的廳堂。在高雄所建立的衛武營國家藝術中心,已經讓南方的藝文內涵可以邁入到新的巔峰發展。

## 四／50 越南胡志明 Reverie 飯店

奇石雀舞英鐘響
暖臥橘果洗浴香
窗外忽見人聲湧
聖誕樂中入夢鄉

　　胡志明市的 Reverie 飯店的設計令人非常驚豔,包括有孔雀開屏的美妙圖案,外加義大利進口奇特的石頭布置在整個建築體內,還有一座英國的時鐘相當亮麗非凡,而住的房間溫暖的軟臥,還有橘子以及火龍果的擺盤,在沐浴過程中可以享受香味四溢的美妙味道,在睡覺前夕突然聽到外面吵雜的人聲響動的聲音,原來是聖誕節的前夕響起聖誕的音樂聲,漸漸催我進入夢鄉。

## 四 51 越南胡志明第一郡

西貢遊船巡燈亮
車龍共行交相望
酒店林立眾生遊
廣場乍見捷運響

在胡志明第一郡有一條西貢河,晚上的遊船亮起的船燈巡曳著兩岸,而西貢河旁的車陣像一條遊龍般地並行,而且彼此互相地相望。在第一郡內有各式的尊貴酒店林立,許多人都在街道上遊走,而 Reverie 飯店廣場的前面,突然看到五年新建已久的捷運終於漸漸啟動營運。

## 四 52 高雄有感

壽山矗連中大邊
大港開橋生幻變
捷運穿梭諸人群
產業轉型展無限

壽山剛好跟中山大學相連,高雄港的大港橋都會展現神奇夢幻的變化,捷運在高雄載運許多的人群,也穿梭在市區各地,目前高雄引進高科技產業轉型,展現出無限的發展空間。

## 四 53　屏東印象

阿猴城中萬年溪
大武營地轉生機
千禧公園燈會綻
勝利星村創新基

　　屏東市舊稱阿猴城，旁邊有一條萬年溪，目前的大武營已經變成屏東榮總醫院。在千禧公園裡面現在正值燈會舉辦的時期，而市區內的勝利星村，目前已成為全台旅遊的重要景點，也展現無限的利基。

## 四 54　台南古都巡禮

文化漫踏舊城樓
巡禮環抱巷弄中
猶記小吃古都味
尋覓品嚐友相逢

　　台南市是文化古都，當我們漫步踏遊在具有文化濃厚意味的舊城之中，也會不自覺地走入城市內的巷弄裡面。而台南最出名的就是古都的小吃，也吸引全台的饕客來到台南古都品嚐，有時候湊巧朋友也會在這邊一起相會共食。

## 鹿鳴茶趣

碳泉高台鹿鳴居
淋滌心靈黯銷旅
採茶共遊茄苳祭
嬌姨客餐品味聚

　　這次台東文化之旅是住在鹿野高台附近鹿鳴酒店,它本身具有碳酸鈉的溫泉,因此非常地出名。泡完溫泉剛好可以洗滌身心靈好像一場黯然銷魂的旅遊行程。隔天來到有機茶園一起同遊採茶,也安排到坐落在永康部落全台最大的茄苳樹,形狀神似鹿角的化身,去辦一個神聖的祭典,中午到愛嬌姨客家餐廳品嚐美味的茶料理佳餚,大夥一起共聚用餐,留下一個完美的台東原民文化之旅。

## 澎湖遊記

通樑古榕氣根千　沙嶼跨橋兩頭連
大菓玄武現圓柱　二崁聚落文創顯
水族魚態碧連天　摩西分海步道間
蒔裡沙灘樂音繞　海上花火慶團圓

　　來到澎湖旅遊的第一站,來到通樑古榕樹,它的樹根有幾千個,綿延不斷,形成一片廣大的空間,旁邊是跨海大橋、它主要連結白沙與西嶼鄉,這座橋把兩鄉做一個島跟島的有效連結,接著來到大菓的玄武岩地形,呈現一個圓柱狀的特殊景致,相當特殊,當天下午也來到二崁的聚落,當地有很多文創的商店在那邊銷售,商品也令人驚艷,最後來到澎湖的水族館,看到水族館裡面有很多不同的澎湖魚類生態,更也看到澎湖的碧海藍天。第二天來到摩西分海的美麗壯景,剛好形成一個步道,串聯兩島之間。第一天到蒔裡的沙灘進行一個充滿燈光樂音的一個晚宴,當晚響徹雲霄,度過一個充滿感性的浪漫之夜,第二天也參加澎湖的海上花火節,大家一起慶祝人生的美好團圓夜,也照了許多令人難忘的煙火燦爛美景。

## 海岱樓記

　　海岱樓中藏書香
　　鍾書閣內人甦想
　　雙湖映柳微雨落
　　層雲昇飛念故鄉

　　到山東淄博拜訪中國最美的書店海岱樓，樓中設計許多漂亮的書櫃，藏著許多的書籍，在鍾書閣內坐著，人會產生很多的遐想，樓的旁邊有兩個湖映著柳樹，剛好下著微微的細雨落下，而自己看著遠方的雲層不斷地昇展飛躍，不禁想起我的故鄉。

# 五、
# 音樂表演賞析

## 五/01 古典雙舞

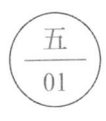

雙姝共舞展雲袖
輕盈曼姿任飄留
化身彩蝶比翼飛
宛如神仙下凡遊

　　由鳥松藝術高中畢業的兩位同學，以古典的舞蹈展開雲岫般的輕盈，那美妙的舞姿好像在空中飄移一般輕盈，更如同蝴蝶比翼雙飛、宛如神仙下凡一起到人間共遊，令人陶醉不已。

## 五/02 提琴演奏

清音譜吟訴心憂
彈律奏弦吐情愁
峰轉繞樑穿堂過
不見四季幾時休

　　小提琴家演奏清新的音符、吟彈出內心一絲絲心裡的憂愁，並在音律奏彈下，展現出內心的無限憂愁情懷，只聽到在音樂繚繞之際，峰迴路轉好像在雲中穿越一般，這是感嘆一年四季，什麼時候會有休養生息的時候，才能夠擺開心裡的諸多憂愁啊！

## 藝術展覽

躍然紙筆展形奇  
見諸粉彩畫中跡  
千古人物皆是客  
不忘風流悵然意

看了畫展,覺得藝術家透過紙筆的畫風展現,可以呈現多元的驚奇面貌,讓我們看到粉彩的顏色形成畫中的足跡,有時畫出千古人物,其實都是人間的過客,看到曾經風流一時,但是一旦離去,仍然會留下無比的悵然跟遺憾。

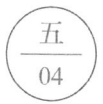

## 鞏俐演出

亞裔爭演照全球  
非凡出眾亮四周  
舒展勇氣個性揚  
巾幗英慈不復求

亞洲傑出的藝人鞏俐在美國從影的演出獲得全球的認同及肯定,而外表非凡及出眾的表演更是令人讚嘆,經常是電影的亮點。本身的個性具有剛毅及展現勇氣般地舒展開來,真像個巾幗女英雄般很難可以再找到。

## 五/05 衛武營音樂會

經典貫穿五十年
樂音共享思無限
輕喚療憶回首中
不覺對唱幾瞬間

　　這是 112 年高雄市成大文教基金會舉辦的公益演唱會，演唱會演唱經典的樂曲從三零年代到八零年代，共貫穿了五十年，所演唱的樂曲可以讓我們回顧之前，在年輕時代那時候所感受引起無限的遐思，也輕輕喚取帶來療癒回憶之前的一些生活的點點滴滴，並在不知不覺之間也跟著音樂對唱了幾句，瞬間就年輕起來，彷彿又回到從前的時光。

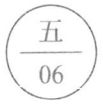

## 五/06 巴洛克演奏

琴音繞樑三分曉
樂律響徹冠雲霄
至德堂中聚眾聽
公益展演覓知交

　　中山大學巴洛克樂團所演奏的樂曲琴音真的是有繞樑三分之感受，響起音樂的樂律不僅響徹雲霄也技冠全場。許多觀眾買票進來至德堂聆聽這一場公益的展演，也可以讓我們看到許多做公益的好朋友可以一起繼續共同聆聽。

## 罕見疾病演唱會

> 罕見病疾擾人間
> 照顧親友不知年
> 雖有慈愛滿心唱
> 但望病友得痊願

　　參加罕見疾病病患及家屬的演唱會，知道台灣總共有230種罕見疾病，大概接近19,000個病友，而投入照顧的親友，往往都不知道歲月已經如梭人生已經過很久年紀，雖然這次演唱會充滿了愛心的歡唱，但是心裡還是覺得所有患病的病患可以得到痊癒的一個心願。

## 武聖關公傳

> 忠義傳神鼎九天
> 赤膽誠心立人間
> 三國豪傑得聖名
> 儒道佛界共尊賢

　　在衛武營演出的《英雄傳‧武聖關公》，所闡揚的是關公的忠義精神，不僅具有頂天立地，一言九鼎的個性，而且關公的赤膽忠心個性也成為人間的好榜樣。在三國豪傑之中，也獲得到許多好的卓越名聲，最後更成為儒道佛三家共同尊敬的聖人及神佛之人。

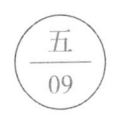

## 古典藝術教育

穿越千古時空　藝術傳承相通　只為先賢心血仍有所崇
落地現今道統　教育翻轉不同　突破所學精華創造感動
人文涵養厥中　才能贏得尊重　影響社會各界深耕播種
堅持基礎立功　成就才有認同　發揚善行思維　有始有終

# 六、
# 社團互動介紹

## 六 / 01

### 成大基金

樸華厚實成大基
務本紮根人才濟
事業回金功名就
造蔭學子展先機

　　成大人具有務實樸實無華的養成基礎，因為做事要求務實才能建立根基，因此培養成就很多的社會優秀人才濟濟，而許多成大學長在功成名就以後，希望能夠回饋母校，就發起提供成立鳳凰基金，把賺得投資的錢回饋母校，希望能夠讓成大母校能夠培育更多的優秀學子，讓他們能夠在未來出社會以後能夠掌握先機，立下良好的基礎。

## 六 / 02

### 國聖文教

國啟公益福利民
聖行社會聚光明
文蘊道整德行基
教化萬物回天應

　　國聖文教基金會是由郭國聖先生所創立，在此幫他寫了一句床頭詩。國聖啟動公益福國利民，並以聖人的腳步行走社會聚集光明的未來。在文化底蘊道德重整的過程中，展現良好的德行，並能教化萬物因應天理的安排。

## 賴平順書法展

靜觀養氣下筆勁
沉思冥想貫通進
字帶靈性全紙上
揮灑書體躍古今

賴平順是高雄成大校友會前會長,他的書法寫得相當地不錯,去看了他的書法展,而有這樣的看法。靜心品味觀察並在氣滿飽足之下所寫的書法,下筆非常有勁道,感覺是在沉思冥想之後所寫出來的,可以有所貫通連動。而且字體帶有靈性全躍然在紙上,所撰寫的書法體型真的是躍動古今,令人讚嘆不已。

## 產學論壇

工商領袖聚壇中
針言內涵論述重
前瞻擘劃市政軸
產業未來世界夢

許多工商業界的領袖聚集在論壇之中,一起談論的內容論述非常地重要,而且有前瞻規劃未來整個世界發展主軸,讓整個未來產業的提升跟發展,可以邁向世界的重要核心應該不是夢。

## 雲林同鄉理事長交接

四海鄉親群聚湧
雲林子弟相會中
共推傑出領袖主
造福五方得敬重

　　來自五湖四海的雲林鄉親一起湧現群聚在這邊,而且許多雲林的子弟也彼此來相會。當中共同推出一位傑出的領袖當了理事長,希望未來可以造福四面八方的雲林人士,而後獲得大家的尊敬跟看重。

## 傑出市民傳馨獎

善行嘉蹟傳千里
博碩俊秀立傳奇
傳承社群皆可敬
馨香流傳永世基

　　擔任傑出市民傳馨獎的頒獎及評審主委的感受。傑出市民的善行優良事蹟在高雄不斷地傳送,得獎者具有優秀的學經歷跟表現,也是立下高雄的傳奇,而且可以在社會不同群體之間不斷傳承令人敬仰,傳馨獎的頒發也成為高雄市傑出市民的典範,希望立下永世的根基不斷廣為流傳。

## 六、07 被害人保護協會

　　創傷觸景幾多愁
　　情緒索心難解憂
　　每當深夜激動處
　　不覺真境浮面流

　　參加被害人保護協會的會議，感覺被害人受到壞人帶來的創傷，有時一旦看到以前的情境，就會產生許多的憂愁，諸多不好的情緒，往往盤守在心裡最底端很難解除掉，這股憂愁每當想到在半夜醒來激動的時候，不知不覺之間以往的情境就在面前真實地流動出來，有時就會淚流滿面。

## 六、08 牽手不放手——憂鬱症

　　心境無解湧思潮
　　百般負能築高巢
　　唯有作伴展笑意
　　靈動復還需今朝

　　憂鬱症是一種心理的疾病，一旦心理產生困境無解的時候，就會湧現許多奇怪的思維，許多的負能量竟然會在心中築起高聳的巢穴，這種需要家人來緊密相伴，才能展現快樂的笑容，更希望如果要心靈恢復，更需要自己要長期的投入跟家人照顧，才能夠恢復到以往生活的狀態。

## 六/09

### 魏韜畫展

上古神話展真蹟
鳳邑畫風鬼神泣
山海經略八荒魂
針筆點繪萬物啟

　　魏滔是一個鳳邑畫派的畫家,所畫的《山海經》非常地神似。魏韜所畫的上古神話故事,所展現出來的真正事蹟令人佩服,他是一個鳳邑畫派的畫風,所畫出來內容,都會讓鬼神想哭泣,而在《山海經》的故事是來自四面八方的魂魄所生,另外用針筆也點繪畫出各式各樣的人物,因此萬物好像都被生動啟發起來了。

## 六/10

### 嘉義吳姓宗親春酒宴

浩誠邀宴皇品樓
吳姓宗長齊聚留
魚頭春鴨共享宴
龍行泰伯四海流

　　到嘉義參加吳浩誠理事長舉辦的吳姓宗親春酒宴會,吳理事長非常好客,邀請我參加吳姓宗親會的春酒,宴席設在皇品樓,會中見到許多社會傑出的吳姓宗長一起齊聚在那邊吃飯,而皇品樓出品的嘉義沙鍋魚頭及烤鴨一起在宴會端出來提供給賓客共同享用,吳姓宗親信奉的是龍行堂泰伯公,目前在全世界各地有許多分支發展。

## 王科文化基金會

> 王氏家族積善德
> 科藝並茂得眾賀
> 文風采祿廣宣達
> 化動音律皆生歌

　　王科文化基金會是由王金平院長為紀念他的父親而取名設立，王金平院長的家族累積很多善良的德性，在科學藝術的表現上面都非常不錯，也得到眾人許多的祝賀，基金會也希望在投入的文化采風活動可以廣為宣導，未來也會在整個音樂展演推動上可以產生美妙的歌曲可以聆聽。

## 參加台南市雲林同鄉會大會

> 雲林鄉親聚台南
> 縣長親臨賀慶宴
> 十方友會共相伴
> 暖心祝福情誼顯

　　8月25日是台南市雲林同鄉會召開的大會，席開136桌，許多住在台南的雲林鄉親都聚集在台南大象寬廷飯店共度中午時光，雲林張麗善縣長也有上台致詞，也對於到來的鄉親表達慶賀之意，並有來自四面八方各地的雲林鄉親友會也一起共同相邀參加來互相作伴，也帶來暖暖的一個祝福，代表鄉親的情誼淵遠而流長，並呈現互相的彰顯。

## 義大薩克斯風社長交接

(六/13)

悠揚沉聲貫演場
動凌哨音入中堂
薩風吹出英雄曲
只願鳴掌比氣長

　　義守大學 EMBA 有成立薩克斯風社,在社長交接的過程之中,他們在下午已演奏許多動人的曲目,只聽到悠揚的深沉樂聲貫穿在整個表演場域,動人的凌風哨音也在中堂之中不斷迴響。由薩克斯風所吹出的英雄動人曲目,他們最希望的就是得到如雷的掌聲,長長久久,最好比氣還長

## 朱溥霖接高科大校友總會長

(六/14)

三校集併成高科
總會校友共誦合
彙流賢達聚興事
朱董掌舵創融和

　　由高雄第一科大、高雄海洋科大及高雄應用科大三校共同合併成為高雄科技大學,所有校友都來共同稱頌學校的合作與發展,而校友總會乃彙集各系所的賢能達人共同在一起推動學校的事務,目前由朱溥霖董事長擔任總會長,希望能夠創造三校的有效融合,成為台灣及世界一流大學。

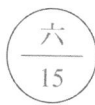

## 雲林文教基金會

譚董願力愛雲林
傳承文教啟悲心
鄉親皆有回饋情
榮耀故里樹成蔭

　　雲林文教基金會是由譚量吉董事長來發起推動,譚董事長以熱愛雲林的發展心願,邀請號召許多鄉親加入共同推動雲林的發展,而且以基層的教育提升以及文教業務的發展作為本務,這是以他的愛心為出發點來啟發眾人的認同,許多參與的董監事及鄉親都有回饋故鄉的心情,也希望能夠讓雲林能夠榮耀故里,如同大樹能夠成蔭般培育更多的優秀人才。

## 國聖文教基金會

國啟儒道行善蹟
聖心揚德展神奇
文化普照遍五洲
教養眾生照萬里

　　國家啟動儒家之道進行很多行善的事蹟,具有聖人的心積極提升道德水準,已展現在各地的神奇,而文化內涵普遍照耀在五洲大地,也教養著一般老百姓可以走入千萬里。

## 六/17 雲林同鄉總會在劍湖山舉辦

古坑山城劍湖園
同鄉共聚結新緣
雲林造就人才出
光耀祖德興宏願

　　113年雲林同鄉總會會員代表大會在古坑劍湖山舉辦，來自全國各地的雲林鄉親一起聚集在古坑的劍湖山開會，原先有的鄉親不相識，而來了以後，交換名片，就相互結緣，形成同鄉的好朋友。我們看到雲林旅外的鄉親人才輩出，而這些人的努力表現不僅光宗耀祖，而且立下偉大的宏願，可以回鄉來貢獻更多的投資及創造就業，形成一股雲林成長的重要力量。

## 六/18 雲聚幸福

雲林鴻宜建雲聚
幸福長照老來趣
素餐共譜快樂心
發願弘法命運曲

　　在雲林縣的弘宜建設蓋了一個雲聚幸福館，由陳凱稜總經理負責營運，主要是推動長照的優質服務，讓老年人在雲林也能夠享有跟都市一樣的服務內容及創新的內涵。所提供的素食餐飲非常有水準，吃起來有令人快樂的感覺，而陳凱稜總經理有發願要弘揚佛法，如同演奏的命運交響曲一般，積極地推動佛家的弘法。

## 義大 EMBA 校友會交接

> 漢唐盛世義大湧
> 幾載千秋交覆誦
> 郝扮則天氣勢強
> 酒宴歡娛相映紅

義守大學 EMBA 會長交接，許多人穿著漢唐系列的服裝在會場不斷湧現，似乎回到之前的千秋盛世大家交付在誦嘆者漢唐的文化郝麗娟會長扮演武則天，扮相驚人，展現當天的氣勢非常地強盛，而提供的美酒佳餚，在一場歡盛的宴會中呼應出臉色已變紅的快樂模樣。

## 義大校友總會會長交接

> 萬豪席設皇席廳
> 雲集貴客交相迎
> 眾賓聯誼皆付談
> 不知今夕任我行

義大校友會會長交接設在萬豪大飯店的皇喜廳，當天晚上來了許多的貴客，包括其他校友會會長及民意代表以及校友會的顧問等等，大家也都彼此在互動往來中。而且在宴會中各位賓客都互相在聯誼交談之中，而且在談笑風生，似乎已經忘記當天晚上的校友會的會長交接典禮，大家也都沉浸在快樂的喝酒歡樂中。

## 張老師南部大會

(六/21)

聽君訴狀幾多愁
安心離苦解煩憂
懸勒皆臨生死邊
勝造浮屠不復求

　　張老師是專門傾聽人們訴苦的一個公益團體，許多人都來抱怨各式各樣的問題跟憂愁，而接聽人必須要安住他的心，解除他的痛苦，降低許多的煩憂與憂愁。而每次在接聽電話時，都希望能夠懸崖勒馬挽救一條微弱的生命，因為他們都在生死一線間，而能夠救人一命就像佛家提及勝造七級浮屠一般，這個東西在人世間不是很容易去追求的。

## 藥用植物大會

(六/22)

本草藥用濟眾生
綱目植物育種盛
嘗盡諸多百味名
時節已過不復勝

　　藥用植物協會舉辦年度大會，會中提起本草的諸多藥用植物可以用來救濟眾生，而綱目記載的植物種類非常繁多，不同的種不同的品相也在育種中才能了解其中的習性，但往往隨著時間不斷過去流逝，就沒辦法得到以前的同樣功效。

## 劉秀鳳尾牙宴請

五會聯邀漢神店
尾牙共聚貴客宴
市長摸彩捐高獎
秀鳳紅光滿人間

　　由高雄市四個教育團體及女子美容協會共同邀請在漢神巨蛋宴吃尾牙,在尾牙餐宴裡面來了許許多多的貴客光臨。連陳其邁市長也捐出幾萬塊作為抽獎,帶動晚上的氣氛,只見到劉秀鳳理事長一頭紅髮紅光滿面在晚宴人潮中遊走。

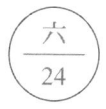

## 參加台東雲林同鄉會長交接

後山青綠碧連天
太武之心交相間
原民舞動雲林會
八方共賀鵬超宴

　　到台東後山參加雲林同鄉會長的交接,台東屏東山脈連接一山又一山,中間經過太武之心休息站,剛好位在屏東跟台東的交界邊,到了宴會場,由當地原住民學生跳耀青春的舞蹈,祝賀雲林會長的交接,另外來自全台各地同鄉會長,也共同祝賀丁鵬超續任台東雲林同鄉會長,也參加他這一次美好的交接宴會。

## 6/25 永康部落原民遊

布農體驗文化遊
永康原民處世悠
三溪交會群山立
八音合體傳聲優

今年高雄市救國團團委會安排到台東布農族體驗一下原民文化的套裝遊程,來到永康原住民部落感覺原住民非常地樂天,面對世間的種種影響,但是他們生活仍然非常地悠哉,而此次來到海拔918公尺的山上,剛好可以俯瞰三條溪流的交會到卑南溪,而在溪的兩旁則是海岸山脈跟中央山脈交流交錯在三條溪的兩旁聳立,另外在遊程中也安排八部合音的練唱方式,傳響的合音真的非常地美妙而優雅。

## 6/26 拜訪佐登妮斯觀光工廠

歐風城堡觀光行
彩妝生技幸福情
落羽綠廊新人照
滿載優品樂相映

這次由高雄市產業創新協會安排到佐登妮斯觀光工廠參訪,它是一個以歐式興建的美麗城堡,我們此行主要是參訪觀光工廠的運作,他的產品主要是彩妝跟生技,可以帶給人們幸福的感受,在城堡內有一排落羽松,好像綠色的長廊,因此有許多結婚的新人在那邊拍照,我們團員買了很多優良的產品,快樂的心情映照在臉上。

seven、
朋友交流往來

## 七/01 皓雲睿哲婚宴祝福

皓潔星空入眼前
雲清萬里到天邊
睿生智慧美佳人
哲理分明鼎中原

　　這是為一對新人的祝福、男生皓雲，皓白潔淨的星空立在我們眼前，白雲清澈萬里可以延伸到天邊。女生睿哲，天生具有睿智的智慧是一個令人稱讚的美麗佳人，哲理清晰分明可以立定中原，作好應有的工作。

## 七/02 豪宅宴客

備席酒品共歡享
重禮情長把歌唱
朋友相聚何時盡
抬頭望月思故鄉

　　在豪宅宴請尊貴的客人，備好酒席包括美酒飲品一起跟客人共同分享，主人相當重情重義在宴會間不禁唱起歌來，想起朋友何時能再相聚，抬頭望著窗外美麗的明月，又想起自己的故鄉。

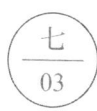

## 蟳之屋宴

澎湖佳餚品味鮮
龍族蟹黃生魚宴
菜瓜絲綿紅斑落
花生筍塊酸香甜

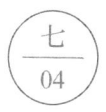

　　蟳之屋是高雄一家知名的澎湖料理餐廳，蟳之屋的澎湖美好佳餚，讓我們吃起來感覺令人回味無窮，包括提供的龍蝦，螃蟹的蟹黃還有生魚片的料理，還有澎湖綿綿絲瓜搭配紅色石斑魚也都相當到位，而澎湖花生以及清脆的筍塊既香甜又可口，又帶有酸酸的味道，剛好味蕾也被撓動而想多吃幾口，真是一間不錯的好餐廳。

## 邱奕勝君

幼年失學困境生
出外打拚學習成
金剛頓悟知識長
五願共享智慧昇

　　邱奕勝省長是台灣省不動產仲介公會台灣省省長，原先在年幼的時候，因為家境貧寒關係無法繼續升學，因此在人生學習過程中產生一些些困境，可是等到長大，開始出外打拚，更是做了很多的學習，尤其熟讀《金剛經》，在頓悟後、讓他的知識逐漸成長，並以懷抱著五個共同的願望來跟朋友一起共同分享，也提升自己的智慧，真是了不起。

## 七/05 水月囍樓

水躍月昇迎貴客
囍樓滿宴慶緣合
朋擁同好共飲醉
酒飄然味憶滿歌

　　112年到屏東水月囍樓吃飯,就寫了一首詩句。水中躍起的明月迎接珍貴的客人,在囍樓廳裡面擺滿佳餚的晚宴場合,來慶祝大家一起有緣結合在一起吃飯。好朋友們邀請同好一起吃飯喝酒,大家開懷暢飲,差一點都喝醉了,而喝酒飄出來的味道,讓我們有無限的回憶,而且在不知不覺之間有人已經展現歌喉吟唱。

## 七/06 年終尾牙

滿桌豐餚慶餘年
業績有成享佳宴
每日終需齊努力
換得尾牙好過天

　　過了一年就是吃年終尾牙的時間,看到桌上滿滿豐盛的菜餚來慶祝尾牙,因為每個人業績都很有成長,因此可以快樂地來吃下這一頓飯,事實上每個人也都需要非常地努力完才能夠達標,如此才可以有尾牙的舉辦,慶祝去年美好豐收的成績,並共同期許讓明天可以過得更好。

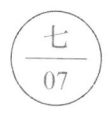

## 好友飲宴

　　佳餚美食聚相逢
　　酒巡三滿臉泛紅
　　回憶同桌共話趣
　　不覺時流已倒空

　　好朋友在一起吃飯、許多美好的佳餚及美食在此相聚，彼此也喝了美酒，在酒過三巡滿，臉喚起通紅的臉龐，講著講著喝著喝著同桌好友講了許多有趣的話題，不知不覺之間其實時空的流動已經不再回到以前、不復以往了。

## 食懷鐵板燒

　　食味料理大立店
　　懷古佳肴成經典
　　鐵燒彈跳火中搖
　　板中乾坤定亮眼

　　在鐵板燒的料理有一家大立的店，懷舊的美好佳餚成為吃飯的經典，看到鐵板燒師父表演彈跳的火花在鐵板上跳動，而廚師竟然可以展現乾坤一定的料理，讓我們張開雙眼、驚訝不已。

## 七/09 王院長家吃早餐

清翠菜心豆腐燒
虱魚香煎稀飯勺
四季果盤成雙對
熱炒蛋蔥提味潮

到王院長家吃早餐是一件很舒服的事情,早餐中青翠的蔬菜、燒煎入味的豆腐,煎滿香味四溢的虱目魚,搭配著一口的稀飯,端出一年四季的果盤成雙成對地擺著,熱炒的蔥蛋,讓我們吃出美好的一頓早餐潮味。

## 七/10 古源光校長嫁女萬豪飯店婚宴

萬豪歸寧迎客宴
賓友雲集送佳言
女兒嫁夫父暗淚
終是命途需承現

古源光校長在萬豪酒店辦理女兒歸零喜宴,迎接一千位的賓客,在會中有前立法院長,屏東縣長,教育部長及各大學校長,還有很多好友共同聚集在一起,也上台為這一對新人送上美好的佳言。女兒嫁出去,其實最捨不得的就是父親,經常是在暗自流淚,可是這是命運之所然,還是需要承諾兌現,所以只能祝福他們能夠過著幸福美滿快樂日子。

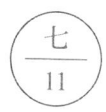

## 錦霞飯店

古都名店錦霞廳
海鮮紅蟳共輝映
鱔炒粉腸台南味
甜口滿腹喜相迎

　　錦霞飯店之前在台南居住時,阿霞飯店是當地非常出名的飯店。台南古都一家有名的餐廳料理叫錦霞樓,目前位在台南的夢時代內,最著名的海鮮紅蟳出來交相輝映,炒鱔魚、還有粉腸都有濃濃的台灣台南味道,因為台南菜偏甜,而甜蜜的口感在肚子內,剛好可以迎接著不同的口感味道,也留下美好的回憶。

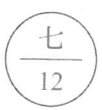

## 海慶聚餐

海物澎湃聚成桌
深魚蝦蟹米苔螺
主人歡慶宴賓客
酒迎共飲三杯落

　　海慶餐廳是高雄光華路一家知名的餐廳,海鮮食品澎湃地擺放在餐桌上,聚集成一個晚餐的宴會,包括深海的魚、螺片及蝦蟹以及米苔目,主人很高興地在這邊宴請所有的賓客,就在酒過三巡以後,往往就會一杯接著一杯地暢飲著。

## 七/13　及時樂漢堡

速食創新淨零排
簡約數位年青派
仙掌石蓮成療癒
蔚行風潮立志涯

即時樂漢堡是一位朋友開的店,到了店去做參觀,而寫下這首詩。在速食業,以創新推動淨零減排的一個設計相當特殊,整個營運模式非常地簡約,並帶有數位化的運作管理,相當符合現在年輕人的想法跟思維,另外提供仙人掌跟石蓮花作為贈品,成為工作療癒的一個好訴求,未來希望能夠形成一股流行的風潮,以作為未來人生目標的勵志創業主軸。

## 七/14　寵物餐廳

舒心靈動寵物家
伴飲療食同遊話
揮別獨處幽室過
共享犀通耀明花

到學生侯亞寧開的「角落有貓」這家寵物餐廳,心裡有一些感受,目前全台對於養寵物是一種很重要的療癒商機,在寵物餐廳不僅可以舒緩身心,也讓心靈上能夠舒緩及靈性有所躍升,目前提供陪伴的飲食及具有療癒的食物一同在那邊跟寵物遊玩及講話。如此可以解決一些宅男宅女自己獨處在幽室生活的時間,可以共享跟寵物之間的靈犀一點通,如同可以躍起的明日鮮花般,非常舒服。

## 慈陽科技 〔七/15〕

千樹矗立廠區中
花香飄逸迎客松
池影躍起天鵝聲
共譜五色鳥鳴翁

　　慈陽科技是一間位在路竹製造氧化鋅的公司,老闆喜歡種樹,所以在廠區內種有六千顆樹,也矗立在廠區之中,而開的花所飄散出來的花香非常地棒,而且也種植迎客松,另外在廠內的小湖也會聽到天鵝的叫聲,並有五色鳥也會在廠區中嗡嗡鳴叫,真的是一個具有特色的工廠。

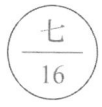

## 吳家文化院 〔七/16〕

梅蘭竹菊四君在
香幽節明眾生載
陶框揮灑聚福佑
瓦磚妙手耀吳宅

　　吳家文化大院是由吳宗德董事長所創立,以梅蘭竹菊形塑的四君子非常具有特色設計,包括梅花的香味、蘭花的幽靜、竹子的節氣,以及菊花所帶來的清明之氣,民眾都在記載使用,而用陶製的外框,可以讓人盡情揮灑創作,也帶來許多的福氣跟庇佑,並用一磚一瓦之間的巧手美藝來光耀整個吳家大院的文化氣息。

## 七/17

### 生日宴會

寒軒雲集嘉賓客
伴慶李師六十樂
暖心問候酒宴出
共譜情誼朋友歌

　　寒軒飯店聚集許多李老師的學生及朋友,大概超過130多位,為了慶祝李老師60大壽而一起相互結伴來為李老師作慶祝,而在暖心的問候過程之中,也陸續端出酒品及菜餚出來,最後為了展現彼此互動的情誼,大家唱了一首朋友的歌曲,帶給大家彼此的快樂、歡笑與共榮。

## 七/18

### 伊勢丹家具參訪

鳥松矗立十方間
家具沙發一應全
古典現代皆通適
搭配組合靠雙眼

　　在高雄市鳥松區是一條家具街,道路的四面八方兩旁設立許多的家具店,所提供的家具沙發非常的多元而廣泛,簡直一應俱全,包括古典及現代都可以適合不同家庭跟顧客的選擇,而要如何搭配組合只能靠兩隻眼去巡視比較,如果能夠貼切自己的需要,就能適合購買。

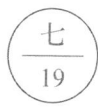

## 太守宴

七/19

古香神曲太守宴
時魚烤鴨居兩邊
煨鮑響脆腰子心
青蟹冷盤酸菜醃

　　南開大學曹小衡教授在天津的太守宴餐廳宴請許多好朋友，這是一個充滿古色古香及神奇樂聲響起的一個好地方，不僅用當季的鮮魚及香滿撲鼻的烤鴨在桌上擺滿。鮑魚的清脆以及烹炒了一個非常好吃及香脆口感的腰子，而青花蟹甜以及相關冷盤、特色小菜，包括酸菜也醃得非常道地好吃，真是一個令人難忘的太守宴。

## 新益公司60週年慶

創新扣件增益力
甲子慶收聚興利
鐵鑄雖需熱血拚
事業依舊滿功蹟

　　新益公司在螺絲螺帽的創新經營發展投入中，不管是航空、航太及半導體產業都有很多技術研發的創新能量，因此都能夠帶來好的收益，在60年一甲子投入經營過程中，每年都賺錢也都有很好的營收，因此能夠聚集人才共同興利。如何鋼鐵盤元轉製為扣件是一個相當辛苦的工作，也要投入熱血的打拚過程，雖然這樣，整個事業發展仍然充滿有很好的事績值得大家尊敬，不管是在回饋社會或投入公益。

## 七 21

### 滿慶地產晚宴

魚蝦精萃滿座宴
肉暖醇湯鋪果鮮
主人盡歡皆高歌
不復今生共伴演

　　滿慶地產郝麗娟總經理宴請客人準備了滿滿的海鮮，整桌鋪滿了這些魚蝦肉類，令人大有口福，肉湯非常地溫暖帶有醇厚的口感，而且周遭也鋪滿了一大堆的水果相當地新鮮，主人跟客人都非常地高興，盡情地高歌歡唱，好像今生可以一起作伴互動，都是不枉白白走這一遭的人生。

## 七 22

### 傑經會年終聖誕晚會

康舞袍秀冠全場
佳人揚姿共歡享
芳葳真心見度量
傑經一心友誼長

　　傑經會在漢來成功店舉辦聖誕晚會，晚上表演節目非常精彩，由會員跳的康康舞以及眾多美女穿戴著大袍秀縱貫全場，這些美麗的會員，展現相當不凡的風姿綽越及走台步，不僅創造驚奇的感覺，也跟會員共同歡唱美好的聖誕晚會。陳芳葳理事長一心一意為著傑經會的付出，真的非常有度量，也充分把傑經會的口號傑經一心，讓會員之間的友誼可以長長久久。

## 拜訪吳明坤董事長

配電專責立職場
佛心明德見性張
悲憫渡化世間事
靈修體悟千秋揚

12月11日拜訪富山電機吳明坤董事長，富山電機主要業務專長在配電盤的製作，在職場上的發展相當有競爭力，而且取得許多政府專業的證照，但是他的功德無量，也具有佛心，在明德見性的對談過程之中，也體現他對宗教的認同跟付出，希望能夠用悲憫的心來度化大眾，期間也參與許多宗教的盛事及法會，自己目前也參加廣論的上課，自己也有深刻的體悟，希望在未來人生有更美好的未來路途可以走下去，也可以好好修完人生路。

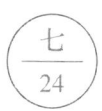

## 澄清湖健行

綠水清波湖中映
鳥嘶魚游九曲亭
好友伴行沿徑走
相談暢語不知聲

到澄清湖健行，只看到綠色的湖水、青色的草坡，在湖中相互映對著，走在九曲橋邊以及旁邊的涼亭，只聽到鳥叫及魚游。幾個好朋友一起相伴同行沿著湖邊一直走著，不知不覺地相談，都不知道講了多少的話。

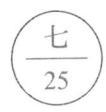

## 好友爬山有感

俯瞰雲嵐觀蒼穹
臨視群峰心泉湧
雖有歷境身苦痛
終究歸來一生擁

　　爬上高山看著雲層山嵐不斷地漂浮,好像看到世界的無限大,而對面的群峰浮現,不覺在心裡波濤洶湧,雖然在爬山的過程之中經歷過很多的苦痛,但是等到回來都是一生擁有的美好回憶。

# 八、
# 社會事件解析

## 八 / 01 計程車長

縱橫城市數百里
預知行徑有先機
大街小巷多穿梭
服務乘客創業績

　　計程車司機是城市的百里侯,在市區內行駛許多的里程,而且要走到哪一條路都已經了然,掌握先機,自己非常地清楚。而在大街小巷經常的穿梭自如,所服務的乘客都能滿意,所以能夠創造滿滿的業績及收入。

## 八 / 02 體操奪標

躍昇馬背展英姿
十年苦學歷滄思
縱深一跳身心穩
揚名千秋立萬世

　　杭州亞運競賽,台灣的體操代表隊有展現不凡的成績,特別在鞍馬比賽裡面有相當優越的表現,也呈現諸多美麗的英勇姿態,經過體操十年的訓練跟學習,歷經很多滄桑辛苦,最後在比賽場合縱身一跳,讓自己身心靈達到一個穩定的境界,就能夠在電視機前名揚千秋萬世,贏得美好的成績。

## 雙十國慶

> 國慶同祝軍民聲
> 旗海飄揚四海昇
> 婆娑寶島迎新願
> 世間和平共享成

國慶日是大家軍民同歡的好日子，看到國旗在全國各地旗海飄揚、四海昇平無虞。希望在美麗婆娑的寶島之中可以迎來新的願望，希望世界能夠和平共處，大家共享美好的成就。

## 中藥炮製

> 中藥國粹歷久遠
> 通理經絡治方圓
> 炮製加溫增功效
> 漸調體身強固元

我有承接衛福部中醫藥司的一個委託計畫，發覺中藥是一種國粹，具有悠久歷史的發展沿革，而且中藥的藥理可以循著經絡調理來治療我們所面臨一些方方面面的毛病，尤其經由炮製加上一定溫度的融合，可以增加它的功效，也可以讓我們調整身體變得身強體壯，並顧好我們自己本身的本元。

## 八 / 05 總統大選有感

四年一決立高下
全民共處伴君行
回歸總帳終需算
依稀可見激化情

　　每四年一次的總統大選,都要決定台灣的未來領導人,而且都要一決高下,而在四年過程老百姓也必須要陪伴著總統的治國理念,然而每經過四年,總是要了解總統在四年作出的成績需要做一個好好的總清算及檢視,而在競選場合,我們可以依稀看到很多對立的情境及場面,不斷地浮現在鏡頭面前大聲嘶吼著。

## 八 / 06 跨年煙火

萬千紫焰耀空中
五彩粉點照亮紅
跨年揮去過往事
迎向明夕奔西東

　　農曆跨年到了,高雄市舉辦放煙火跨年活動。我們看到萬紫千紅的火焰飄逸在空中,像五彩繽紛般照亮整個天空,似乎天空都紅了起來。而一年就要過去,真的要揮別以往的事情,希望在明天一天睡覺醒來,能夠在人間各處更展現美好未來的一個發展。

## 八/07

### 立委選戰

龍成宮畔人潮湧
主台嘉賓聲嘶吼
為得民眾投支持
政見落實才實用

　　113年立委的選戰，去參加一次的造勢大會。看到競選場合過程中寫下這一首詩。在鳳山的龍成宮坐滿湧入許多人潮要來支持候選人，而在競選舞台的嘉賓則大聲嘶吼主講著。主要希望可以得到台下的民眾能夠號召更多人一起來參與及投入支持，但是需要立委候選人的政見得到民眾認同，而且也希望等到他當上立委要落實政見，才是真正選出對的候選人。

## 八/08

### 總統選舉

四年一決總統盤
藍白分裂綠營佔
治理無能貪腐多
可惜民眾不買單

　　每四年選舉一次的總統大選，這一屆因為藍白分裂，綠營漁翁得利。民眾因為對之前民進黨的治理非常地失望，令人感受非常多的貪汙案件，治理成績也不是很認同，但很可惜，民眾無法投下大量反對票，無法買單，還是繼續讓民進黨來當選總統。

## 八/09 立委選舉

民代四年受評比
服務到位展實績
鄉親民冤早已怨
不知今夕是何夕

　　立委也是四年選一次,而擔任立委四年就要驗收一次的成績,比較看看他的服務是不是能深入人間、展現優良的事蹟,得到民眾的認同,而民眾所擔憂、所痛恨的事情以及所面對的問題是不是有所了解,千萬不要不知道已發生及未來即將發生的事情,不知民間疾苦。

## 八/10 台灣命運

兩岸懸命一線牽
中美兩強擺中間
本該和平共相處
無奈兵凶在眼前

　　兩岸關係目前非常不好,甚至戰爭的氛圍一觸即發,兩岸好像只靠著短短一條線牽著。而美中兩強的貿易衝突科技管制,卻讓我們台灣夾在中間,本來兩岸就應該和平共處的,但是很無奈地兵凶戰危的氛圍確實在我們眼前。

## 八/11 高鐵旅客

高速奔馳軌道間
商轉人流疏運點
終日南北潮波動
不分西東交相面

　　台灣現在最便利的運輸工具就是高鐵，高鐵在南北運行過程之中，以高速奔馳在高鐵的軌道間，讓很多的商務運轉及人流中形成重要的轉運點，每天有許多南來北往的人潮交流互動，而且不分東西南北，經常就在高鐵彼此碰面來完成商務的運作。

## 八/12 食安風暴

蘇丹紅下辣味包
米酵菌酸粿條燒
飲食世界諸多變
可惜生民靜引爆

　　今年發生食安的衝擊事情相當多，如用蘇丹紅的辣味包，結果查出來用了很多不合法的化工產品，另外包括在台北發生米酵酸菌感染的粿條，也造成多人的死亡，想想在飲食的世界裡，真的有很多的改變，很可惜的一般老百姓，只能靜靜地等待事情的爆發，而毫無防備能力。

## 八/13 花蓮地震

花蓮外海震波起
山崩樓塌錯位移
大清山隧道口落
龜山島頭折損基

　　花蓮是一個多震帶。在花蓮經常我們會碰到地震，113年4月3日在花蓮外海帶起強烈的地震，結果造成山崩地裂，許多土地都已經錯位分移。在大青山的隧道口也落下巨石，龜山島的頭這一次也有一些折損，也讓我們留下深刻的印象。

## 八/14 談國家大事

風起千浪築成暴
民湧怨氣怒滿潮
可憐皆是庶人悲
恰如春水野火燎

　　風大可以激起千層的波浪，形成一股很大的風暴，民怨如果很高就會像滿滿的潮水湧來，如果大家對於生活覺得普遍感覺不好，底層的民眾生活很苦，就好像這個庶人一般，這一股的怒氣就會像春天的野火越燒越旺。

## 世界 12 強棒大賽

（八/15）

全台集氣加油勝
屏神關注揮棒聲
轟天一響心神耀
方寸落地鑼鼓震

在台灣及日本舉辦 12 強棒球大賽，棒球是台灣的國球，老百姓都非常集中關注也都屏氣凝神地在關注每一場的比賽，而選手每一次的揮棒都引來很多民眾的加油聲，一旦打出去轟天一響的打擊，整個人心神都非常興奮，一旦球落地以後，如果展現出安打或全壘打，就會有鑼鼓聲不斷地響徹雲霄。

## 打敗日本隊

（八/16）

全民聚氣國球陣
投打用心真精神
終立戰功擊日本
贏回中華一世魂

在日本打世界 12 強棒球大賽冠亞軍之時，全國百姓都非常關注這一場比賽，也都在為選手加油打氣，因為這是台灣的國球，我們也相當融入這樣棒球的氛圍之中，我們看到冠亞軍戰台灣選手非常地優秀，不論投打也相當傑出，展現出來棒球的精神令人震奮，而且完封日本，也終於打敗日本隊，贏得世界冠軍，讓中華代表隊展現一世的英魂，也可以撫慰所有民眾內心的心靈。

## 八17 滿慶地產銷售

滿載工業興邦基
慶聚新城展先機
地利滙進生投家
產資昇耀台城集

　　滿慶地產公司主要是以工業地的銷售為主要營業定位的公司，所以十年來公司都以工業地銷售為主，而這些進入的工業，就奠基成為台灣產業的基礎，所以在他們協助行銷完成以後，就聚集在廠區裡面形成一定程度的新商機，而這個土地所帶來的利益也會表現在生產投資的廠商，這些生產的廠商如果賺錢，一則可以不斷增資，二則也在繼續累積資本，也不斷地成長，並在我們台灣的各個城市裡面聚集，形成一股重要經濟成長的動力來源。

## 八18 划龍舟比賽

舟巡過水靠群力
划槳前行搶先機
金陽閃耀汗夾流
龍頭相爭冠軍席

　　高雄市舉辦一年一度的划龍舟比賽，在划龍舟過程之中，需要靠著群體的力量來划著水，才能夠快速向前行，在划槳的時候希望能夠快速搶到先機，而在金色般的陽光閃耀之下大家划地非常地賣力，汗水直流，最後要靠著誰最早能夠把龍頭的旗子拿到，才能夠爭取到冠軍。

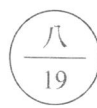

## 拜訪吳家紅茶冰總公司

古早紅茶越飄香
六省布點人共享
營模前瞻得勝績
加盟獲利創夢想

　　到越南隆安市拜訪吳家紅茶冰的營運總部，從台灣來的古早味的紅茶在越南經營非常不錯、到處飄香，而在越南六個省布局的營運點，有許多越南人喜歡喝這樣的茶類。如此的營運模式，前瞻的布局獲得勝利的佳績，加盟主的經營也有所獲利，也可以創造自己的人生夢想。

## 2025年到來

多彩雲煙穿天際
閃耀星空展新基
龍歸蛇到又一年
祈願世間皆如意

　　114年是蛇年，巨龍即將離去，金蛇即將到來吐氣，在滿天的星空中五彩的煙火穿透整個天際，閃耀在整個星空展現新的契機，祝願希望世間一切都和平穩定，一切都圓滿如意。

## 立委質詢及四年選舉

**八/21**

站在民意的舞台　揮灑民眾的期待　有時激動的陳情　如何才是應該
有時溫情的吶喊　久久才能釋懷　只為獲得行政當局的認同　一切才能回到自在
面對民眾的熱情解說　遲遲不肯離開　只能默默地承受聆聽　終究會有交代
民意如流水　質詢不在　下一屆的當選　卻是遙望的等待
四年無悔的付出　換來有時是滿心的愁悵和留不住的悲哀
啊！啊！立委是何等的高瞻與胸懷
想啊！想啊！不再空想　惟有努力　才有未來　四年一輪　作好現在

# 九、
# 餐飲美食留白

## 九/01 甲子園館

家庭小炒迎客味
菜餚鮮煮滿足胃
南北食材濃淡宜
甲子園館飄香蕾

　　位在屏東的甲子園餐館，是以家庭小炒的口味來迎接客人，菜餚煮得非常新鮮可口，並能滿足顧客的味蕾，匯集南北的食材味道濃淡相宜，讓甲子園館的飯菜能夠飄著滿滿的香味，激起人們吃飯的味蕾。

## 九/02 虱目魚飯

乾煎魚鮮味有亮
擔燥飯香食無量
清蔬淡炒疏清口
白丸滾燙留餘想

　　高雄二聖一路上有一家虱目魚飯非常地出名，乾煎虱目魚料理手法俐落，煎完的魚肉非常可口，而且不帶腥味，魚皮也是一絕，虱目魚煎完展現非常明亮的顏色，擔擔肉燥飯香味也是店中之寶，讓我們吃起來好像可以一碗接著一碗沒有底量般。簡單的蔬菜料理炒起來可以滿足我們簡單平凡的口味，白色的虱目魚丸湯，滾燙之後喝完可以留下無限的想像空間。

## 吉利海產

故友同飲話家常
滿桌好菜迎客嘗
酒旬驚覺二十載
人生聚會共綿長

　　吉利海產是越南商會好朋友經常一起聚餐的好地方，每次主人邀請好朋友一起同飲歡暢，聊聊生活日常。備好滿桌的佳餚美酒可以讓今天主人宴請給好朋友一起品嚐，而在同飲共酒喝過一些時間後，卻突然驚覺好友們已經聚餐二十年，想想人生互動的機會竟然可以如此長遠而綿綿不斷，真是不容易的好情誼。

## 討海人家

討海人家品海宴
珍珠蝦味鼎中鮮
河豚鸚哥皆入菜
青龍洋蔥辣相甜

　　在關山地區大光里有一家海產店叫討海人家，菜色料理非常的不錯，可以讓人品味到海上不同海鮮的美味，包括有珍珠蝦就展現不凡的鮮味，還有河豚、鸚哥魚都成為美好的菜餚，青龍搭配洋蔥呈現出來辣味甜味，相當地可口，真是一次美好的海鮮享宴。

## 九/05 精釀啤酒

清黃漿液入喉底
果香尾韻滿鼻息
酒花四溢愛醉客
杯中揚起吟歌急

　　金黃色的啤酒漿液當喝入到喉嚨底部時，就綻放出水果的清香，尤其尾韻又沾滿在鼻息中。而且啤酒花到處四溢，讓愛喝醉的酒客愈來愈多，在喝完杯中啤酒，有人就急忙地揚聲唱起歌來，真的非常美妙。

## 九/06 普洱茶

茶韻入喉回甘甜
濃郁香感保味鮮
醒心明性見真章
品茗共飲幾時天

　　普洱茶是老樹種產生的一種特有特殊茶種，在普洱茶喝完後，產生的喉韻，會有一絲的回甘甜味，而濃郁的香氣口感也能夠確保味道更加地鮮純，特別是喝完以後，會讓我們的心境有所醒悟，明白了解人性的本質及真章，尤其跟幾個好朋友一起共飲的過程中，有時候不知道時間歲月已經過了多久。

## 九/07 茉莉花茶

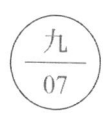

清香茉莉淡儒雅
飄逸品味氣如佳
入口還有三分甜
迴盪喉中九蓮華

　　茉莉花的清香有著淡淡優雅的味道，飄逸出來的氣味非常的美好，在進入口中還保有三分的青甜，迴盪在喉嚨之中，而其感受好像九座蓮花生起的一般，具有無限的光華燦爛。

## 九/08 薑母糖

紅糖夾雜薑片鮮
開水滾燙化開顏
誰知一塊四方磚
甜味久沾嘴中現

　　紅糖夾雜在薑片之中，感覺非常地鮮甜，用開水滾燙以後，顏色就開始化開了，誰知道這麼一個小塊的四方薑母糖磚，沾在嘴邊，卻可以久久感受出來薑母糖的甜味。

## 九/09 義大 Cooking Studio 餐廳

三五好友共品宴
香味滿溢食歡言
不覺時光已消曳
徒留餘日待嚐鮮

　　義大廚藝系在校內經營 Cooking studio 餐廳，我邀請秘書及助理到這家餐廳吃飯的一個感受。三五好友一起來到這個餐廳共享美好的午宴，而餐食裡面提供的菜餚不僅相當美味、滿室飄香，而且在吃飯中充滿了很多歡樂的語言。在不知不覺吃飯之中，時間已經在流失當中，希望以後下次再過去吃飯的時候，能夠嚐到更創新美好的味道，能夠有更新鮮的口感能夠留住在心頭。

## 九/10 漢神巨蛋

百貨矗立漢神旁
美食成群名品亮
共伴同行不知時
高雄升起巨蛋揚

　　位在北高雄的漢神巨蛋是高雄一家知名的百貨公司，這一家百貨公司旁就是小巨蛋，漢神巨蛋百貨內有很多的美食街，也有很多知名的品牌，大家一起到漢神巨蛋消費結伴同行，有時候也忘記逛了多久，因此漢神巨蛋已成為高雄快速躍升的一家知名百貨公司。

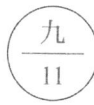

## 寒軒餐廳

寒夜茶樓迎客開
軒門菜鮮笑開懷
江浙一絕立港都
食香熱賣九霄外

　　寒軒餐廳和平店是高雄市著名的一家餐廳,主要開的是港式飲茶,也迎接許多客人的到來消費,在寒軒餐廳所提供的菜色非常地鮮美,吃完以後大家都是笑得開懷出來,它也是江浙菜系的餐廳,烹調的手法有非常獨到的技巧,好像江湖絕技一樣,可以在港都的餐廳立足,另外製作美食的香味外溢,也相當熱賣,宛如九霄雲外都可以賣到一般。

## 大樹玉荷苞

紅皮白肉小子生
汁甜清香冠名聲
玉中荷苞大樹家
端午傾出風味勝

　　大樹的玉荷苞具有紅色的外皮、細白的果肉,子又非常小,而且吃起來玉荷苞甜度高、也帶有很棒的清香,所以是荔枝界的冠軍名聲。玉荷包的名字就從大樹開始做發展,剛好就在端午節會大量生產,傾巢而出,產季只有兩週,而玉荷苞的風味遠勝於其他糯米及黑葉的品種,所以價格比較高。

## 九/13 陳董家宴

三五同好共伴宴　東湧美酒薑鴨鮮
白肉鍋底酸菜覆　香腸芋片柿柚甜
話語家常一飲間　杯中只見浮光顯
夜燈寒露交相處　入冬大雪把言現

　　由陳燦圖董事長邀請三五個同好一起到家裡享受一頓美好的晚宴，而且拿出東湧二十幾年的高粱好酒，搭配薑母鴨的熱補鮮甜，以及白肉酸菜鍋底的好味道，加上香腸芋片以及甜柿和柚子的甘甜，形成相當溫暖很棒氣氛的晚宴。在吃飯過程中，經常聊起之前的工作往事，往往不自覺地在杯酒之間一飲而盡，而在杯中只看到浮光若現；現在已經到了冬天的夜晚，房間的燈已亮起，寒露已到，大家都在熱絡交互地談話，其實在冬天大雪的節氣裡能有這樣的氣氛，大家把酒言歡，共享人生的美妙，真是一個美好的時光。

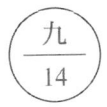

## 九/14 府城小吃

首府小吃冠全台
南部美食眾人愛
不識嚐得心中味
卻留回憶樂滿懷

　　古都台南的小吃也是全台首府名滿天下，而匯集在南部的眾多美食，也得到許多民眾的偏愛，很多人希望能夠品嚐來滿足心中的味蕾，而吃完留下滿滿的回憶，非常地快樂，滿心都是懷念。

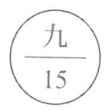

## 北京北平樓菜

傳藝京菜展工夫
古色首都樂收服
揚柳奔枝風搖曳
不覺名廚已在府

到了北京北平樓吃飯，傳統藝術的北京菜色展現不凡的功夫內涵，古色古香的首都有著夜曲的律動，收服了旅人的心，看到路邊的楊柳搖曳隨風飄蕩，不知不覺間北平樓的名廚已經在府中料理佳餚準備迎接尊貴的客人。

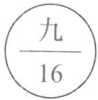

## 苦茶油雞

青綠葉穗立山邊
萬千茶香撲滿間
雞落油下Q彈起
薑炒合口不知鮮

草嶺有很多的茶園，青綠的茶樹和葉穗立在山的兩邊，一大堆茶園飄來的香味。當枋山雞隨著苦茶油一起煮下的時候，雞肉的口感立即Q彈跳起，配合薑片的炒熟，吃起來別有令人回想的古早鮮味。

## 夏天吃冰

(九/17)

炎暑沁熱汗直流
夏陽矗立高聳頭
冰品入喉涼皆身
消火氣透貫全周

　　炎炎的夏日沁出熱汗直接在頭上滑流，夏天的太陽矗立在高高的頭上令人吃不消，而在吃下冰涼的飲品後，進入喉嚨時，整個全身都涼了起來，不僅可以消火透氣，還能貫穿全身相當舒暢。

## 南北樓餐飲

(九/18)

相聚南北樓中天
點亮台菜香滿鮮
何嘗舉起千杯回
未負一柱酒名現

　　位在高雄的南北樓餐廳是一個江浙菜的餐廳，當有好朋友相約在南北樓吃飯，堆滿一桌的台菜，香味撲鼻，也充滿各式的鮮味，在吃飯間，何嘗舉酒過千杯，大家也都喝得很盡興，一柱一柱地乾杯，真是有不負喝不醉的酒名號之稱。

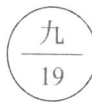

## 祥鈺樓江浙菜

爆鱔脆香韭菜合
醃篤火腿鮮味喝
蔥餅油煎冠樓品
江浙烤鴨甜感和

　　位於高雄市三多四路的祥鈺樓是高雄知名的江浙菜館,它的爆鱔展現出來脆脆的香度再搭配韭菜的一個結合,形成一道非常知名的名菜,火腿在醃篤鮮裡面,形成一道好喝的湯品,祥鈺樓的蔥油餅也是全高雄市聞名,也是最重要的一道特色小吃,另外還有一個江浙菜中的烤鴨,所呈現出來鴨肉及鴨皮的甜感及脆度,搭配大蔥及蘋果的組合非常地順味可口。

## 濟南成豐牛肉麵

台式牛肉味道鮮
成豐麵條 Q 彈現
合作共融創業地
濟南相伴亮點顯

　　在濟南靠近火車站的原成豐麵廠的舊場地要開一家島嶼成豐牛肉麵,不僅要引進台式牛肉的口味,希望讓當地民眾能夠嚐到鮮美的味道,而成豐麵廠生產的麵條則是非常地 Q 彈,這也是一個台陸共同合作,共榮創新的海峽兩岸基地,就在濟南跟大家一起相互作伴,希望能夠成為未來美食的新亮點。

## 九/21 角落有貓餐廳

幸福回眸貓春響
角落鮮品人歡暢
終有心靈得解脫
不覺細語沉夢鄉

　　角落有貓是學生侯亞寧開的一間寵物店,目前寵物已經取代生小孩的一些狀況,在家裡有一隻貓貓叫起來,反而有人覺得會非常幸福般,喜歡看著貓的一個轉神回眸,而角落有貓店裡面提供的餐食及飲品也會讓您很高興而滿心舒暢,似乎在人的內心裡面中可以找到心靈解脫的方式及療癒的心境,尤其聽到及看到貓跟人的互動細語跟交流,不知不覺之間,很快地就進入到夢鄉。

## 九/22 好事餐廳食譜有感

野釣魚生滿盤立　　古早螺魷酒家系
烏子米粒撲鼻香　　沙翅醇濃入口吸
龍虎石斑肉彈離　　脆甜干貝鮮味稀
黃花蟹膏汁有料　　好事美酒共伴席

　　由呂勇憲邀請朝陽扶輪社社友到好事餐廳吃一頓豐盛的晚餐,只見第一道菜有來自澎湖野生釣起空運來台的新鮮生魚片,搭配其他生魚片鋪滿了整個擺盤,古早酒家菜螺肉魷魚蒜,口味相當道地。用烏魚子炒的米飯香味令人撲鼻,用沙翅燉熬的湯頭入口醇厚,不僅吸了再吸。大尾的龍虎石斑,吃完肉質相當鮮甜有彈性,而進口的干貝,口感相當脆甜,吃完帶有非常新鮮的感覺。另外當季的黃花膏蟹,不僅把蟹膏搭配濃厚的湯汁,吃起來搭配蟹肉非常有料,晚上許多社友帶來美酒佳餚,一起吃完豐盛的一頓大餐,令人相當難忘。

### 談天樓記

貴客群集談天樓　上海佳餚三鮮透
奶香鍋底山珍雞　三絲魷魚白片溜
蹄膀軟嫩易下口　地瓜葉蛋揚獅頭
香芋牛肉品味合　齒頰留香思滿週

　　一些好朋友一起到談天樓吃飯，去品嚐這個上海的美食，只看到端出來一道炒三鮮的菜餚相當地晶瑩剔透，奶香的鍋底還有山珍燉的雞令人回味無窮，用三絲豆干炒魷魚，還有白片溜的魚真是美味可口。蹄膀非常地軟嫩，很容易下口，配上一口飯，真是非常地不錯，炒的地瓜葉蛋，還有揚州獅子頭，外加香芋相伴的牛肉相當軟嫩，讓飲食的品味非常地契合，不僅在齒頰留香，而且回到家，一個禮拜還停留在當時的美味裡面。

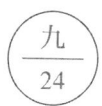

### 茴家屏東宴

好友同聚茴家宴
美酒川肴慶餘年
酸魚豆腐芋米露
盛冰辣肉出牛鮮

　　來自高屏地區的好友們相聚在一起，來到屏東最著名的茴家餐廳，主人家準備了美酒以及川菜料理共同慶祝金蛇年的到來，菜色中包括酸菜魚以及特色豆腐還有芋頭香味非常濃厚的西米露，以及盛裝各式物料的綜合冰，還有充滿辣味的肉塊以及牛肉鮮甜的菜餚，大家在一起度過美好快樂的一個晚上。

## 9/25

### 天野餐廳吃飯

日料焗燴輕食味
紅酒同酌伴相隨
共話人生諸多事
笑語歡愉不知歸

　　幾個好朋友來到天野日本料理吃飯，日式料理所烹飪出來的輕食味道相當可口，晚上在一起同桌共飲喝了兩瓶紅酒，大家在歡樂的氣氛中相互陪伴，在吃飯中大家聊起人生的種種的層層往事，許多充滿歡笑的語言，久久不歇，也都差一點忘記要趕回家了。

## 9/26

### 鏵榮海鮮

東石海味滿室香
鏵廚佳肴共歡享
匠心創藝展客情
榮耀塭港美名揚

　　高雄市產業創新協會來到嘉義參訪，午餐來到東石著名的海鮮餐廳，端出一桌的海味滿室生香，鏵榮餐廳烹飪的佳餚大家一起歡樂品嘗共享，廚藝的匠人精神，具有創新的設計，展現歡迎顧客的心情，成為榮耀塭港地區的在地美好名聲。

# 十、
# 學術專業論述

## 十/01 上課演說

千言道出專業魂
眾聽引入心中尊
眾生皆知學習好
不把青春放任聞

　　上課要有一定的專業內涵才能講出許多的話語,展現出來專業的靈魂。眾人在聆聽之中,如果有收獲,也會有發自內心的尊重,學生知道學習對未來人生是有幫助的,所以不會把青春歲月就隨意浪費掉,也能夠把握時間專心來聽講。

## 十/02 王政彥君

王者風範展千里
政和通達利根基
彥博群秀高師大
君子謙沖港都立

　　這是幫高師大新校長王政彥教授所寫的一句打油詩,王者風範可以開展千里,學校治理的政務可以通情達理般建立良好的根基,本身具有博學的知識跟涵養,在教授林立的高師大中,可以展現具有君子謙沖為懷的本質,並在高雄樹立不一樣的大學校長風範。

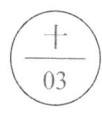

## 大學校長

大哉校園展宏圖
學行內化浮心智
校務興盛本該做
長保永續真價值

身為一個大學校長,走在雄大美哉的校園裡面可以展現個人治理的鴻圖,而學問德行不斷在課程中內化,也可以讓心智得到開展。治理校務繁榮興盛本來就是大學校長的基本任務,更要能長長久久保有永續的經營價值來創造真諦。

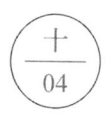

## 高雄中學

高雄首府人才出
港都知青居翹楚
引領社會創新機
共展未來立中柱

雄中是高雄的第一高中,也是許多年輕高雄學子想要報考的學校,高雄中學是高雄的第一中學,許多的人才都出自其中,尤其在港都許多雄中學生都在各行各業中位居不錯的地位,也引領社會開創無限的商機,並且共同開展未來,形成社會的中流砥柱。

## 十 / 05 博士口試

高深淵博知識展
下筆精闢立前瞻
口試尚須多對話
專業人生才放綻

　　最近經常去參加博士班學生的考試，感覺博士畢業是一個長期累積知識的一個重要訓練過程，所以寫了這首詩。博士要具有專業高深的知識，因此必須學識淵博般開展知識，寫下的博士論文要非常地精闢，並有前瞻性的眼光及視野。在口試的時候要藉著口試老師的詢問，必須要很好內涵的對話，未來畢業以後拿著博士的專業人生才能夠綻放無限的光明。

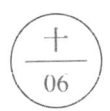

## 十 / 06 卸任主管心情

萬事重擔突消淨
漫遊人間身形輕
無憂歲月不需言
自在樂道耳邊清

　　從113年2月1日卸任行政副校長之後，覺得許多事情皆已不再是重要的負擔，突然就已經消失殆盡，剛好可以自己在社會輕鬆自在生活漫遊，突然覺得身體也輕飄起來，無憂無慮的時光不用多說，因為可以自在快樂逍遙，耳朵也清爽更多。

## 論文指導

　　學修主題論真諦
　　日漸進展話文析
　　只求圓滿過口考
　　苦盡甘來啟通迪

　　在國內指導論文,最近出了許多的狀況,所以我們覺得在指導時要保持嚴肅的心態。第一學習修授的主題是在談論探討許多社會真實事件的內涵,而且每天都有在進展地努力撰寫,並且所寫出來的內容就能夠用白話文作分析說明。在論文撰寫完成以後,就希望求得一個圓滿,可以通過口試,而在口試結束有苦盡甘來,開啟通達順暢的一個境界。

## 空大上課

　　窮理致問空大中
　　求知聆思學不同
　　來自四通群雄會
　　匯聚八達貫西東

　　空大是一個一般老百姓可以進修的便利好地方,在空大修課的學生在學習過程中希望能夠有窮理致知的精神,在求知過程可以仔細聆聽,也可以去學習不同意見及聲音的交融,當然這些空大的學生是來自四面八方英雄好漢的會集,也匯集成通達各地,橫貫東西的成長學習。

## 十 / 09 給大學生上課

回歸學堂傳知宴
只見生員正夢甜
輕叫憶起春秋事
不知今夕在何邊

　　回到大學殿堂給學生上課，希望傳達知識的饗宴，但是卻看到學生睡在桌上好夢正甜，輕輕叫起來讓我想起之前大學生活的種種往事，不禁感嘆現在的學生已不知為何學習？整個學習態度都已經走了樣。

## 十 / 10 年青人想法

時青同體追舒曲
只享心暢伴夢羽
不知苦盡方甘甜
來日才悟空療癒

　　時代的年輕人都同樣想追求一種舒適圈的型態，內心只想享受，心理通暢快活，每日可以夢遊周公一起裝著翅膀作伴共同自在飛翔。其實不知道經過苦盡才能夠甘來，因此只能經過一段時間的體悟，才知道自己應該要好好努力，宛如做了一個心情的療癒。

## 十、學術專業論述

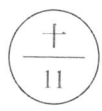

### ⑩ 越南學生來高雄唸書畢業口試
（十/11）

> 遠赴港都求學識
> 入校高科工管組
> 四年習讀專業力
> 台上展現大師路

　　許多越南的學生在台灣政府的支持下來到高雄就讀大學、碩士及博士。其中有一批來到高科大的工管系唸碩士班及博士班，在四年期間有人唸完大學、有人唸完碩士，有的唸完博士，也累積一定程度的實力跟能力。一旦參加畢業口試，在上台做英文報告的時候，展現出來一定的未來大學老師的風範，值得嘉許。

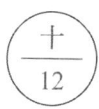

### ⑫ 卡管中閔之怒
（十/12）

> 大學風骨不可欺
> 自治學風展新基
> 傲慢政黨隨風偃
> 鼎柱全台思轉機

　　管中閔當選台大校長卻受到政府的打壓，因此有感而發。一個大學校長的風骨是不能夠受到人家欺負的，大學自治的學風才可以展開新的發展利基，而傲慢的執政黨不希望管中閔來當台大校長，竟然羞恥心及道德感已經被風吹走了，無所不用其極地攻擊詆毀，只為了不讓他當台大校長，希望管中閔的事件可以成為全台的典範，思考大學轉型的契機。

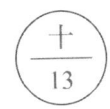

## 企經會長交接

學者轉入企業首
嘉賓雲集送暖受
領群相伴福華廳
鰲躍港都共攜手

　　李建興執行長擔任高雄企經會的理事長,乃是由學界轉入到企業團體的團領袖,當天晚上許多重量級的貴賓集合在一起送上溫暖的感受。未來在李建興理事長帶領之下,能夠跟他的理監事跟會員在福華廳,共同希望在高雄港都鰲躍龍翔一般地共同攜手創造美好的明天。

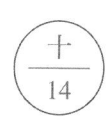

### 東華評鑑有感

搭上新車型的自強號　一路奔馳往花蓮的路上
懷著興奮到藍色樂土　想像吸收帶有甜味的清風
七堵過了　羅東到了　新城已在廣播
不久　花蓮已矗立在眼前
夜晚的花蓮不像西部熙攘的吵雜聲　只有漫步街道悠閒旅人在踱步向前
麗池飯店已改裝　帶有一點現代簡約風格
進入房內　清新的擺設　但是心中卻湧起花蓮渡假的感受
走出房門　卻碰到在屏東的老友也來花蓮慈濟開會　所謂巧遇一點都不為過
在外面買了一點夜宵加一小瓶高梁酒　卻道起在風火點上的總統大選
一夜暢談大家心思齊發　卻也同聲藍白不合作　只能靠自己努力向前
這是他鄉遇故知的另類體驗
一覺醒來　到二樓吃了一頓相當飽足的豐盛早餐　充滿營養健康的蔬食　卻滿足許久未有的愉悅感
接送車子來了　到了壽豐的東華大學　號稱校地是全台第二
真的有看到低密度的房屋　一棟接著一棟在兩旁迎接
看到東華大學的樣貌　卻有一份衝動的舒適感
頓時壓力和享受休閒氛圍的心情已湧入心中
看到校園大樹鱗比　清風搖曳　彷彿生活的另類知覺提升
東華大學真是學術生活的好榜樣

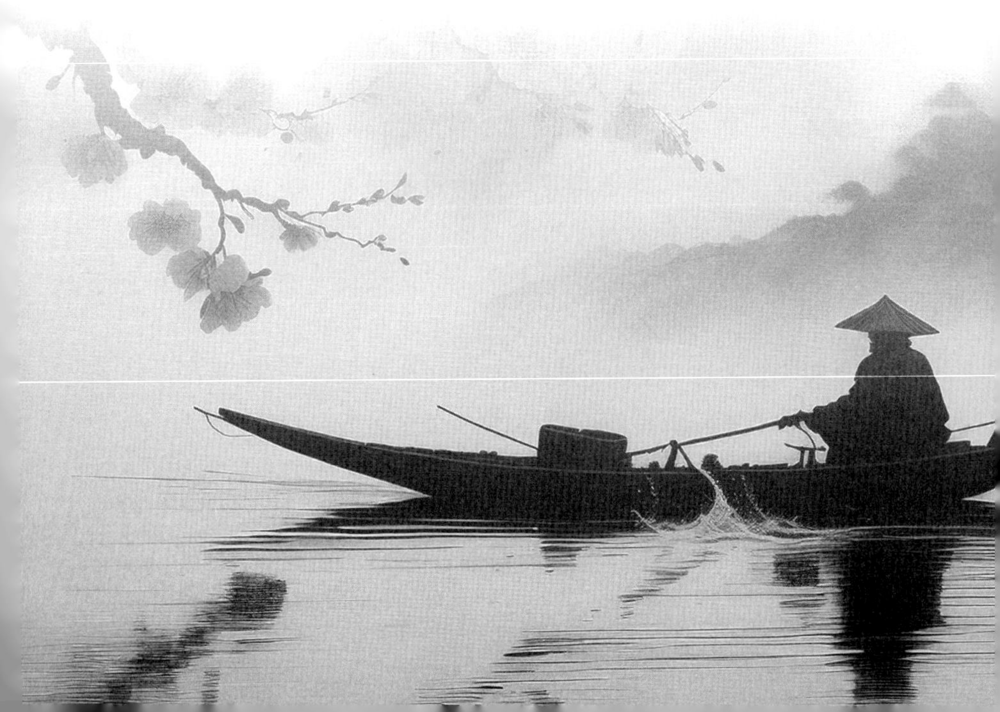